수미산의 이쪽과 저쪽

오정환 지음

한국경제신문

수미산의 이쪽과 저쪽

마음을 일으켜 떠난 수행자의 티벳 이야기

자유냐, 평등이냐, 보존이냐. 이 문제는 민주화가 확대되면 확대될수록, 산업화가 빨라지면 빨라질수록 선택의 압력이 가중되는 딜레마입니다. 지금 우리 사회를 분열과 대립으로 몰고가는 여러 가지 이슈의 밑바닥에도 물론 이 문제가 도사리고 있습니다. 불행하게도 이들의 관계는 상호 파괴적이라서 자유를 존중하면 평등이 무너지고, 개발을 중시하면 보존을 포기해야 합니다. 이 때문에 어느 쪽을 선택하느냐에 따라 그 사회의 운명이 결정되기도 합니다. 자유를 존중한 미국의 시장경제 체제는 세계 유일 초강대국으로 성장한 반면, 평등을 중시한 소련의 계획경제 체제는 몰락하여 국가마저 해체되었습니다. 그렇다면 미국 시민들은 행복할까요? 비록 물질적 풍요는 누릴지 몰라도 과도한 경쟁과 그로 인한 스트레스로 정체 불명의 질병에 시달리고 있으며, 9·11 테러 이후로는 안보 불안까지 겹쳐 안절부절못하는 모습입니다.

개발이냐, 보존이냐의 문제는 더욱 심각합니다. 생활수준의 향상을 위해서는 개발이 불가피하다지만, 무모한 개발은 인류의 생존 그 자체를 위협할 수 있습니다. 화석 연료의 남용과 산림자원의 남벌에 따른 기상이변으로 이미 수많은 생물들이 사라졌다는 보고가 있고, 지금과 같은 방식으로 개발이 계속되면 호모사피엔스라는 종 자체가 없어질지 모른다는 경고도 있습니다. 더욱 절망적인 것은 사람들이 이러한 사실을 잘 알고 있으면서도 개발을 중단하지 않으려는 데에 있습니다. 인간의 욕심에는 한계가 없기 때문일 것입니다.

저는 티벳 서부 고원을 여행하면서 우리들과는 다른 세상을 보았습니다. 그들은 비록 조악한 음식과 남루한 옷을 걸쳤지만 표정은 밝고 행복해 보였습니다. 가혹한 자연 조건 속에서도, 자연을 개발하지 않으면서 거뜬히 살아남았을 뿐 아니라 오히려 자연의 일부가 되어 즐겁게 살아가고 있었습니다. 그들은 좀처럼 화를 내지 않았으며 남들이 곤경에 빠지면 청하지 않더라도 알아서 도와주었습니다. 물론 공치사도 없고 생색도 없었습니다. 그 사회에는 자유와 평등, 개발과 보존이라는 분열적이고 번뇌 가득한 개념 자체가 없는 것처럼 보였던 것입니다.

하지만 여기에 소개하는 글들은 이런 거창한 담론을 감당하기에는 너무나 허약한 객담 수준의 잡문들입니다. 그런데도 불구하고 이 책의 출간을 허락하신 한국경제신문 최준명 사장님과 한경BP 김경태 사장님, 그리고 그 스태프 여러분께 감사드립니다. 특히 저의 수미산 여행을 주선해 주시고 이끌어주신 사진작가 지요한 선생과 이해선 선생의 도움을 잊지 못할 것입니다.

2003년 10월

오 정 환

나무 아미타불! 제이 구루 린포체Jai Guru Rinpoche!

수미산의 이쪽과 저쪽

*CONTENTS

신화의 땅, 카일라스

카일라스 가는 길, 즉 히말라야 준봉들을 왼쪽으로 끼고 달리는 티벳 서부 고원은 인간의 거주가 허락된 곳이 아니다. 해발 4,500m 전후의 높은 산악 지대라서 기압이 낮고, 산소가 부족하여 얼굴이 붓고, 숨을 쉬기가 괴롭다. 낮과 밤의 온도 차이가 심하고, 바람이 강하며, 느닷없는 폭우로 큰물이 지는 경우도 더러 있어 안전한 집터를 찾기가 힘들다. 풀과 나무가 자라지 못하므로 땅의 소출이 적어 식량을 얻기도 어렵다. 그럼에도 불구하고 이 곳을 유랑하며 평생을 보내는 사람들이 있다. 그들은 신화 속에 사는 사람들이다. 검정·빨강·노랑·파랑의 원색이 현란하게 어우러진 옷차림에, 햇빛에 검게 탄 얼굴로 우리를 이상한 들짐승 보듯 빤히 들여다본다. 순간 나는 내가 다른 혹성에 표류한 것은 아닐까 하는 착각 속에 빠져들어 갔다.

주변 환경도 낯설다. 작렬하는 태양 아래 거대한 민둥산 봉우리들이 벌겋게 가열되어 열기를 뿜어내고 있다. 말라버린 강바닥 같은 지표에는 수박 만하고 참외 만한 돌덩이들로 가득하다. 구름이 지나가면서 언

9

뜻언뜻 보이는 쪽빛 하늘은 귀기가 서린 듯 섬뜩할 정도로 색깔이 진하다. 여기는 신들의 영토다. 과학으로는 설명할 수 없는 신비와 신성과 신화가 살아 숨쉬는 곳이다. 나는 어느덧 이승의 문지방을 넘어 신들의 세계에 들어선 것은 아닐까. 나무 아미타불! 제이 구루 린포체Jai Guru Rinpoche!

수미산을 찾아가는 꿈

인천-홍콩-카투만두

내가 카일라스를 알 게 된 것은 겨우 몇 년 되지 않는다. 어느 날,
저녁식사 자리에서 누군가가 말했다. 티벳 서부, 인도 국경 근처
에 카일라스라는 산이 있는데, 그 산이 바로 불교 설화를 통해 전해져
내려오는 수미산須彌山이라는 것이다. 수미산은 상상의 세계에만 남아
있었던 것이 아니라 이 세상에 실재한다는 것이고, 자신은 직접 가보기
까지 했다는 것이다. 나는 순간, 어지러움 같은 것을 느꼈다. 살아서는
도달하지 못할 줄 알았던 '저 건너의 세계'가 이 세상에 존재한다니, 나
도 가볼 수 있겠다는 설렘으로 가슴이 벅차올랐던 것이다. 이렇게 말한
사람은 사진작가였다. 그는 자신이 찍은 카일라스의 풍경을 보여주기까
지 했다.

그러나 그 곳은 뉴욕이나 파리처럼 비행기 표만 구하면 닿을 수 있는
곳이 아니었다. 우선 중국 정부로부터 카일라스 여행 허가를 별도로 받
아야 하고, 교통편을 구하기도 어렵다. 가야 할 곳이 해발 4,000~

11

5,000m의 산악지대라서 고산증高山症을 이겨낼 수 있을지도 걱정스러울 뿐 아니라, 최소한 2주 이상의 시간을 낼 수도 있어야 한다. 게다가 단독 여행은 아예 불가능하므로, 함께 여행할 사람을 10여 명 이상 모아야 된다. 말하자면 순례단caravan을 조직해야 되는데, 이 같은 조건 충족은 직장에 매인 월급쟁이로서는 사실상 불가능에 가까운 것들이다.

2000년 8월 말, 이 어려운 기회가 꿈 같이 찾아와서 모든 준비를 끝내고 날짜만 세고 있었는데, 출발 직전에 '여행 불가' 통보가 왔다. 예전에 없던 폭우가 쏟아져 도로가 유실되었다는 것이다. 나의 실망은 컸고, 카일라스에 대한 꿈은 사라지는 듯했다. 그런데 2002년 초, 다시 기회가 찾아왔다. 그 사진작가로부터 다시 연락이 온 것이다. 그는 "아직도 카일라스에 가고 싶으냐?"라고 물었다. 나는 앞뒤를 생각해 보지도 않은 채 "그렇다"라고 대답했다. 6월 하순, 사진작가 10여 명이 촬영 여행을 떠나려고 회원을 모집 중인데, 그들과 함께 떠나라는 것이다. 나는 사진에는 문외한이었지만 동행同行을 허락받았다.

오늘이 바로 떠나는 날이다. 엊그제서야 비로소 아내에게 "다녀오겠소" 했더니 펄쩍 뛴다. 여섯 달 이상 몰래 준비를 해오면서 자기를 속였다는 점이 괘씸하고, 술 담배로 찌든 허약한 몸도 걱정된다는 기색이다. 나도 혼자 가는 것이 좀 찜찜했지만 '환갑을 바라보는 할머니는 감당할 수 없는 여행'이라면서 애써 자위했다. 그리고 보름 이상 자리를 비워야 되므로 회사에도 특별 휴가를 신청해 간신히 허락을 받았다. 공항까지는 작은 아들 세중世重이가 태워다 주었다. 우리 일행은 김포공항 도시

터미널city terminal에서 새벽 6시에 만나기로 했다. 김포에서 체크 인을 하고 셔틀 버스로 인천공항으로 이동하면, 수속이 훨씬 간편하고 시간도 많이 절약할 수 있다는 것이었다. 날씨는 아주 맑았다. 김포공항에서 인천공항까지는 버스로 30분가량 걸렸다. 버스 안에서 오늘 일정을 살펴보니 홍콩을 경유, 네팔의 카투만두에서 하루를 묵게 되어 있었다.

홍콩행 비행기는 9시 정각, 정해진 시간에 이륙했다. 내 옆자리에는 다행스럽게도 이해선李海仙 씨가 와서 앉았다. 이해선 씨는 오십을 갓 넘긴 여류 사진작가인데, 인도의 라다크에서 육 개월, 태평양의 이스트 섬에서 사 개월, 카일라스도 세 번씩이나 다녀온 오지奧地 탐험의 전문가다. 나에게 카일라스 행行을 권한 사진작가와도 오랜 교분이 있어, 그가 나의 보호자로 특별히 위촉한 분이다. 유감스럽게도 그 사진작가는 이번 여행에 참여할 수가 없었다. 이 선생은 키가 나와 비슷할 정도로 후리후리한 데다가 얼굴도 크고 눈, 코, 입 등이 모두 큼직큼직하여 이그조틱exotic하다. 피부도 가무스름해서 티벳인들이 자신을 이웃인 양 혼동할 정도라고 웃는다. 말도 시원시원하다. "티벳 사람들은 참 착해요. 참을성도 많고요. 얼굴 생김새도 우리랑 비슷해요." 억양에 경상도 흔적이 좀 보인다. 하여튼 나는 고립무원의 촌닭 신세에서 든든한 '빽'을 만난 것이다.

비행기는 우리나라 서해안을 따라 군산, 목포를 지나는가 싶더니 황해를 건너 항저우杭州, 마카오를 거쳐 홍콩 앞바다로 나와 선회 비행을 하는 것 같았다. 그 때 옆에서 "어머! 저 무지개 좀 보세요" 하는 이 선생의 탄성이 들렸다. 창가로 몸을 빼내 밖을 내다 보니 정말 커다란 무지개가 활대처럼 휘어진 채 허공에 걸려 있다. 그 밑으로 홍콩의 첵랍콕 공항의 긴 활주로가 어렴풋이 보였다. 비행기는 그 찬란한 무지개의 환영 인사도 아랑곳하지 않은 채 그대로 활주로에 부드럽게 내려앉았다. 인천을 떠난 시 세 시간 만이다. 오랫동안 보지 못했던 무지개, 그 귀한 모습을 하늘에서 만나다니…. 무엇인가 좋은 일이 생길 것만 같다. 비행기에서 내리니 홍콩 시간으로 11시 15분, 서울 시간으로는 12시 15분이다.

우리 일행은 여기서 카투만두 행 비행기로 갈아타야 한다. 다섯 시간의 여유가 있었지만 공항 밖으로 나갈 수는 없었다. 홍콩은 처음이라서 아쉬움이 컸지만, 보세구역 안에도 볼거리는 많았다. 아시아 최대의 국제공항답게 통과 여객 대합실이 아주 넓다. 인천공항과 구조가 비슷한 듯하다. 양쪽으로 날개를 길게 펼친 모양으로, 밖으로는 수많은 보딩 브리지boarding bridge를 거느리고 있고, 안으로는 잠실 롯데월드 쇼핑몰만한 면세점을 품고 있다. 아이 쇼핑만 해도 서너 시간은 훌쩍 지나갈 듯하다. 나는 일행을 잃어버리고 외톨이가 되었다. 혼자서 보석상과 쁘띠끄 매장을 어슬렁거리다 보니 어느 새 한쪽 날개 끄트머리에까지 흘러가게 되었다. 마침 국수집이 눈에 띄어, 그 곳에서 우동으로 점심을 때웠다.

지금쯤 우리나라는 월드컵 경기로 나라 전체가 달아오르고 있을 것이므로, 중계방송을 하고 있는 곳을 찾아보았다. 곳곳에 TV는 많이 보였으나 월드컵 중계는 없었다. 오후 3시쯤 카투만두 행 비행기의 탑승구 쪽 대합실로 가보니 알록달록한 꽃무늬 모자로 잔뜩 모양을 낸 노인이 우리 일행 앞에서 제스처를 써가며 연설(?)을 하고 있었다. 우리 가운데 가장 나이가 많은 심대섭 회장이었다. 어떻게 자신이 이 여행에 참여하게 되었는지를 설명하는 중이었다. 사진은 찍을 줄 모르고, '해성'의 꾀임에 빠져 따라왔다는 것이다. '해성'은 김봉제 회장의 호號이며 라이온스 클럽을 같이 하는 절친한 사이라고 한다. 심 회장이 말했다. "어쨌든 수미산에 가려고 여기 모인 사람들은 보통 인연이 아니올시다. 이런 여행이 어디 하고 싶다고 되는 일입니까?"

우리 일행은 '혜초여행사'의 신동석 부장을 포함해서 모두 열아홉 명이다. 홍순태 교수와 육명심 교수는 우리나라 사진계의 원로이고, 심 회장, 김 회장, 박 순효 회장은 30대 그룹을 넘보는 커다란 기업의 소유경영자들이다. 유인걸 사장은 대기업 최고경영자를 지낸 후 유력한 문화재단의 상임이사로 재직 중이며, 조병기 선생은 현역 가톨릭 사제다. 조 신부는 미국 시민으로서 미 동부 지역에서 시무 중인데, 이번 촬영여행을 위해 특별 휴가를 낼 정도로 사진광이었다. 이철수 선생은 육명심 교수의 제자로 전주全州에서 활동하는 사진계의 중진이고, 이해선 선생은 앞에서 소개한 바와 같으며, 안승웅 사장은 바다를 누비던 선장船長 출신의 사업가다. 최병철, 박용이 선생은 각각 공무원과 은행을 정년퇴직한 다음 평생의 취미이자 특기였던 사진을 본격적으로 시작한 행복한 늦깎이 작가이고, 최영 선생은 원자력을 연구한 공학박사로서, 대덕연

구단지에 근무 중인 독실한 불교 신자다. 김의진 선생은 전자제품 대리점을 경영하는 아마추어 사진작가이며, 김혜자 씨, 정승희 씨, 김호경 씨는 가정주부로서 대학에서 운영하는 사회교육원을 통해 홍순태 교수로부터 사진을 배웠다. 최 박사와 나를 제외한 다른 일행은 평소에도 서로 교류가 있었던 구면들이고, 1997년에 카일라스를 함께 다녀온 분들도 많다는 것을 나중에 알았다.

홍콩 시간으로 오후 4시 25분, 우리는 네팔의 RA 410편에 탑승했다. 인천—홍콩 간 비행기는 만석이었으나, 카투만두로 향하는 이 비행기에는 빈 좌석이 많이 보였다. 인도의 전통의상인 '사리' 차림의 여승무원들이 맨 먼저 눈에 띄었다. 가무잡잡한 얼굴에 큰 눈이 인상적이다. 갈색 천으로 온 몸을 휘감았지만 허리의 흰 살결이 그대로 드러나 시선이 자꾸 그 쪽으로 간다. 태도는 공손했으나 표정은 딱딱했다. 비행기가 어디를 날고 있는지는 모르겠지만 창을 통해 내려다보이는 풍경은 끝없는 숲과 그 푸르름을 선명하게 갈라놓는 황톳빛 강이다. 강은 곧게 흐르지 못하고 이리저리 구불구불하다. 낮은 곳으로 흐르다 보면 결국 바다를 만나게 되는가. 그 휘어진 모습은 영락없이 땅 위를 기어가는 뱀의 형상이다. 용이 있다면 이런 모습이 아닐까.

깜박 잠이 들었는데, 갑자기 박수가 터지면서 "대한민국, 와!" 하는 소리가 요란하다. 한국이 스페인을 승부차기 끝에 5 대 3으로 이겨 월드컵 4강에 진출했다는 것이다. 엄청난 뉴스가 날아온 것이다. 아마 기쁨과 환호로 나라 전체가 폭발했을 것이다. 16강 진출도 비관적이었는데 4강까지 갔다니, 어안이 벙벙할 따름이다. 이는 정녕 획기적인 사건이었고, 한국은 물론 아시아 전체의 영예라 할 만하다. 아시아 축구가 마침내 유럽 축구에 대한 콤플렉스complex에서 벗어나는 쾌거를 이룩한 것이다. 유인걸 사장이 승무원을 통해 월드컵 소식을 묻자, 기장이 확인하여 구내 방송으로 알려줬던 것이다. 즉석에서 맥주 파티가 열렸다. 다른 나라 승객들도 함께 축하해 주었다. 특히 한국 처녀와 혼인해서 고향에 간다는 네팔 청년은 자리에서 일어나 유창한 한국어로 "오! 대한민국, 필승 코리아!"를 외치기도 했다.

현지 시간으로 저녁 7시 5분, 비행기는 카투만두의 트리부완Tribhuwan 국제공항에 착륙했다. 순조로운 비행이었다. 시차를 감안하면 홍콩에서 4시간 30분 걸린 셈이다. 비행장은 생각보다 넓고, 잘 정돈되어 있었다. 열기가 밴 눅눅한 바람이 얼굴을 스친다. 해가 지려는지 어둑어둑해지면서 공항청사에 불이 들어왔다. 입국 수속은 의외로 복잡하고 더뎠다. 출입국, 세관, 은행이 한 곳에 몰려 있다. 네팔은 비자를 발급하면서 수수료를 요구하는데, 첫 방문을 하는 나와 같은 사람은 미국 돈 30달러를 치러야 했다. 입국 심사관이 서류를 건네주면서 옆에 붙어 있는 은행 데스크에 돈을 지불하라고 한다. 이 나라는 특이하게도 두번째, 세번째로 방문 횟수가 늘어날수록 비자 요금도 함께 늘어난다고 한다. 짐을 찾는 곳은 창고와 같이 허술해 보였지만, 신통하게도 컨베이어 벨트는 잘 돌아가고 있었다. 짐을 기다리다 화장실에 들렀다. 문과 손잡이, 변기 등

이 많이 낡아 있었지만 그래도 모두 영국 풍이다.

밖으로 나오니 희미한 가로등 아래서 랜디가 우리의 짐을 버스에 싣느라고 분주하다. 소년 대여섯이 우르르 달려들어 돈을 바꾸라고 아우성이다. 팔과 소매를 잡고 앞길을 막는 등 극성이었다. 랜디가 팔을 휘저어 쫓아버렸다. 랜디가 버스에 올라 인사를 한다. 유창한 한국어였다. 한국 축구가 월드컵 4강에 오른 것을 축하하고, 우리를 만나게 된 것을 기쁘게 생각한다면서, 오늘 저녁 묵을 하이야트 리젠시 호텔까지는 버스로 약 20분 정도 걸리겠다고 알려준다. 랜디라는 이름을 나는 서울에서부터 알고 있었다. 나에게 카일라스 행을 주선한 사진작가와 랜디는 여러 차례 만나 서로 친구가 된 사이였다. 랜디는 고려대학교에서 정식으로 한국어를 공부했으며, 서울에서 요리학원을 다녀 한국요리 조리사 자격증까지 딴 사람이다. 그는 원래 네팔에서도 상당한 대접을 받는 셀파sherpa 출신으로 한국 산악인들 사이에도 잘 알려진 한국통이었다. 영어는 물론, 한국어와 티벳어에도 능했다. 그는 카일라스에도 세 번이나 다녀온 경험이 있어, 이번 여행에서 숙식과 교통 문제를 책임지기로 했다. 랜디는 버스 통로를 비집고 다니면서 노란 꽃으로 만든 목걸이를 우리에게 하나씩 걸어주었다. 들국화 냄새가 물씬한다.

하이야트 리젠시 호텔은 서울의 별 다섯 개짜리 호텔을 능가할 정도로 고급이었다. 방 세팅이나 욕실, 로비 등이 어떤 일류 호텔에도 전혀 손색이 없을 만큼 세련되었다. 5층 높이의 나지막한 키에 네팔의 전통 가옥을 연상시키는 처마를 달고 있는 모습이었다. 오만하게 키만 높아

주변 경관을 해치는 서울의 호텔과는 외양부터 달랐다. 로비에도 낮은 불탑들을 오밀조밀하게 배치해, 수수하면서도 이국적 풍경이 돋보이도록 배려했다. 우리 일행은 방에 들어가 짐을 풀고 라운지에 모여 파티를 열었다. 맥주로 목을 축이면서 내일의 일정을 논의하고, 우리의 장도와 월드컵 4강 진출을 자축했다. 밤 11시쯤 숙소에 올라가 깊은 잠을 잤다. 분당 집에서 새벽 4시에 일어났으므로 시차를 포함하면 24시간 동안 깨어 있었던 것이다.

지옥의 문, 니얄람

제2일 2002년 6월 23일 일요일 오전에 비
카투만두-코다리-장무-니얄람

새벽 4시 반경 일어나 샤워를 하고 10분 동안 명상을 한 뒤 로비로 내려갔다. 5시 20분에 '부처님의 눈 사원Boudhanath'을 촬영하러 가기로 했기 때문이다. 날은 완전히 밝아 있었고 바람이 부드럽다. 우리는 호텔 뒷문으로 나가 샛길을 따라 걸었다. 마당이 딸린 가정집과 낡은 2층집들이 다닥다닥 붙어 있고, 그 사이로 사람 한둘이 겨우 빠져 나갈 수 있는 골목이 있었다. 밤새 비가 내렸는지 흙길은 매우 질퍽했다. 군데군데 손바닥 만한 빈 터가 보이고, 이발소며 세탁소, 반찬 가게들이 이쪽 저쪽으로 이어져 있다. 나는 문득 어렸을 때 청주淸州에 사는 외삼촌 집을 찾아가던 골목길이 생각났다. 그것이 곧 도회지 첫 나들이였는데, 포장이 안 된 좁은 골목길의 폐쇄감과 수채 냄새들이 그 때와 너무나 닮아 있었다. 자전거를 끌고가는 청년과 가게 앞을 비질하는 어린 소녀의 모습도 그 때와 같고, 남루한 차림과 창 너머로 보이는 구차한 살림들이 그 때와 같았다.

웅성웅성하는 소리가 들리는가 싶더니, 거대한 탑이 눈앞을 가로 막고 나선다. 이른 새벽인데도 사람들이 **빽빽**하게 탑돌이를 하고 있었다. 예닐곱 살 됨직한 계집애가 기다렸다는 듯 달려와 내 바지를 잡아당기면서 손을 벌린다. 까만 얼굴이 땟국에 절어 더욱 까맣다. 헝클어진 머리에 누더기 차림이다. 눈만 반짝반짝 빛을 발한다. 간절하다. 한쪽 손으로는 내 바지를 잡고, 다른 손으로는 손가락을 까딱까딱한다. 내가 돈을 꺼내려고 주머니를 뒤지자 누군가가 소리쳤다. "잡아요. 톤을 주시면 여기 있는 사람 전부가 달려듭니다." 나는 손을 빼고 카메라를 꺼내들었다. 탑돌이 행렬을 따라 나도 돌기 시작했다. 그러나 그 아이는 아직도 집요하게 쫓아오고 있다. 그 때 빗방울이 한둘 떨어지는가 싶더니 이내 소나기가 세차게 쏟아졌다. 우리 일행은 비를 피해 뛰다가 길 옆처마 밑으로 들어섰다. 이제 그 꼬마아이는 보이지 않았지만 어쩐지 찜찜하다. 그 간절한 눈빛이 자꾸 마음에 걸린다. '돈을 주고 말 것을….'

내가 비를 피한 곳은 마침 사원이었다. 아침 예불 중인 듯 법당에서는 스님들이 서로 마주 보고 앉아 염불을 외고 있었다. 부처님 좌대 앞에는 달라이 라마Dalai-Lama의 대형 사진을 모셨다. 티벳 사원인가보다. 입구 한쪽에 커다란 마니통摩尼筒이 걸려 있었고, 그 옆에 이해선 선생이 서 있었다. 그리고 스님들이 자리한 곳에는 최 박사가 오체투지로 부처님께 절을 올리고 있는 중이었다. 이 선생이 손짓으로 가만히 나를 불렀다. "마니통을 돌리면서 소원을 비세요." 마니통은 절구통 만했다. 그래도 손으로 밀자, 스르르 그 육중한 몸이 말없이 움직이기 시작했다. 마니통은 그 안에 경전이 들어 있어서, 한 바퀴 돌릴 때마다 그 경전을 한 번 읽은 효과가 있다고 전해 내려온다. 옛날 티벳에서 글자를 모르는 신도들이나 경을 구할 수 없는 사람들을 위해 만들어낸 임시 방편일 것이다. 나는 부처님을 향해 합장하고, 카일라스 여행의 안전과 조금 전에 만난 소녀의 행복을 빌었다. 그 때 "뿌우웅…" 하는 소리가 요란했다. 스님들이 긴 구리 나팔과 커다란 소라를 일제히 불었던 것이다. 법당 안의 자욱한 향연이 소리에 떠는 듯 출렁거렸다. 그래도 마니통 옆에 선 한 백발의 할머니는 아까부터 연신 오체투지의 공양을 계속 올리고 있었다.

빗줄기는 좀 가늘어졌지만 이제는 시간이 없었다. 빨리 호텔로 돌아가 출발 준비를 해야 한다. 사람들은 비를 맞으면서도 여전히 진언眞言, '옴 마니 펫메 훔OM MANI PADME HUM'을 외우며 탑돌이를 계속하고 있었다. 모두들 차림은 구차해 보였지만 표정은 진지했다. 자주색 승복을 입은 스님들도 많이 보였다. 이 곳이 바로 보우더나트 스투파Boudhanath Stupa인데, 석가모니 부처의 진신 사리를 모신 곳이라고 한다. 이 곳 사람들은 이처럼 석가의 사리를 모신 대형 불탑을 스투파Stupa라 부르고, 석가의 사리가 없는 작은 돌탑을 초르텐Chorten이라 부른다. 이 보우더나트 스투파 일대는 달라이 라마의 인도 망명 이후 티벳 사람들이 많이 찾아와, 점차 티벳 촌락으로 변해 가고 있는 중이다. 스투파 주변에는 아까 내가 비를 피했던 사원과 같은 티벳 사원이 몇 곳 들어서 있었고, 티벳 물품을 파는 가게도 여러 곳 생겨났다고 한다. 이 스투파는 여의도

국회의사당의 옥개석처럼 커다란 공을 반으로 잘라 엎어놓은 모양인데, 꼭대기에는 사각형의 탑을 올리고, 그 탑면 사방에 사람의 눈을 커다랗게 그려놓았다. 그래서 사람들은 그것을 '부처님의 눈 사원'이라고도 부른다. 티벳 땅에 들어서기 전에, 우리는 이미 티벳을 만난 것이다.

아침 7시 40분, 우리는 호텔을 떠났다. 중형 버스 두 대에 나누어 타고, 짐은 버스 뒷좌석에 실었다. 비가 그치고 해가 났다. 일요일 아침이건만 카투만두 시내는 사람과 자동차와 자전거 등으로 혼잡하다. 교통 질서가 엉망이었다. 아무 데서나 서고, 회전하고, 같은 차선에서 마주 달리기도 한다. 부딪히면 누가 깨지는지 내기를 하는 양 아슬아슬하다. 남자들은 대개 바지에 반팔 티셔츠 차림이고 여자들은 사리를 입었는데, 형형색색이었다. 양장 차림도 많았다. 거리는 넓어야 편도 2차선이고 노상음식점, 잡화상, 포목 가게들이 죽 늘어서 있다. 마치 20~30년 전 우리나라의 지방 도시를 보는 듯하다. 시내 버스가 아무 데서나 서서 손님을 부르고 태운다. 하늘과 공기는 이처럼 맑은데, 자동차 매연이 코를 찌른다. 매캐한 냄새가 견디기 힘들 정도였다. 거리에는 수건으로 코를 막고 다니는 처녀들도 많이 보인다. 이 도시는 벌써 심각한 공해병에 걸린 것은 아닐까.

우리를 태운 버스가 도시를 벗어나자 중무장한 군인들이 많이 보였다. 철모와 배낭에 소총을 든 군인들이 좌우로 대열을 이루어 행군을 하고 있었고, 곳곳에 설치된 검문소에서 차량을 통제하고 있었다. 시내 풍경과는 사뭇 딴판이었다. 마오쩌둥주의자들이 서쪽에서 무장 폭동을 일으켜 이 곳을 위협하고 있기 때문이라고 한다. 이 나라는 아직도 왕이 통치하는 군주 체제이고, 백성들의 왕에 대한 충성도 또한 높은 편이지만 중국과 가까운 국경지대에서는 사회주의자들의 반체제 운동도 활발한 곳이다. 우리가 여행을 떠나기 불과 며칠 전에도 왕의 군대와 반체제 세력이 충돌하여 수백 명의 사상자를 냈다는 신문 기사를 읽은 적이 있다. 이 때문에 한때 외국 관광객이 급감했으나 반체제 세력이 장악하고 있는 서쪽 일부 지역을 제외하면, 대체로 안정을 회복한 것으로 알려졌다.

도로는 포장되어 있었지만 편도 1차선이다. 인도人道가 없어 사람들이 찻길을 함부로 다닌다. 남자들은 또 길가에서 태연히 소변을 본다. 우리나라의 경운기가 이 곳에서도 자주 보이고, LG와 SAMSUNG의 빌보드billboard가 논바닥에 서 있는 모습도 눈에 띄었다. 바야흐로 모심기가 한창인데, 남자들은 보이지 않고 대부분 여자들이다. 괭이자루가 우리 것과 다르다. 우리의 괭이는 자루가 쇠날과 직각으로 꽂혀 있는데, 이 곳의 괭이는 쇠날과 평행으로 꽂혀 있다. 지렛대의 원리를 따지지 않더라도 사용하는 데 힘이 많이 들 것 같다. 벽돌 공장이 자주 눈에 띄고 폐허가 된 듯한 결핵 요양소도 지나갔다. 검은 흙탕물이 가득 차 흐르는 보또랑에는 까마귀 떼들이 우글거렸다. 군데군데 버려진 논이 많고, 집들은 산꼭대기에 몰려 있다. 골짜기는 습기와 모기 때문에 사람이 살기 힘들다고 랜디가 알려주었다. 도로 표지판을 보니 둘리켈DULIKEHEL이라고 씌어져 있다. 꽤 높은 곳인가 보다. 저 멀리 초록색으로 물든 계단식 논이 보이고 등성이 위로는 마을이 펼쳐져 있었다. 해발 2,000m 정도라고 한다. 그러나 좌우의 산비탈에는 푸른 교목들이 무성하다.

우리의 버스는 듈리켈을 내려와 작은 시골 장터와 같은 마을을 지나, 12시 반경 네팔의 국경 도시 코다리에 도착했다. 여기서 작은 강을 건너면 중국 땅이다. 코다리는 꽤 큰 마을이었다. 워낙 골짜기가 깊어 농토는 보이지 않았다. 가게가 딸린 집들이 강이 흐르는 골짜기 쪽 벼랑 위에 일렬 종대로 늘어서 있었다. 길 건너 맞은 쪽은 깍아지른 절벽이다. 코다리는 해발 1,750m밖에 되지 않지만 꽤 선선했다. 우리를 기다리던 짐꾼들이 버스에서 짐을 내려 중국측 트럭에 옮겨 싣는 동안, 무슨 레스토랑이란 간판이 붙은 집 옥상에서 점심을 들었다. 김밥이었는데, 밥이 너무 질고 싱거워서 잘 넘어가지 않았다. 오늘 아침 호텔에서의 식사와 같은 호사는 당분간 구경할 수 없을 것이다. 김밥을 우물거리며 중국측 산비탈을 건너다 보니 옛날 청계천 변의 '하꼬방' 같은 건물들이 1km 가량 일자一字 모양으로 길게 이어져 있다. 여기서 바라보이는 쪽이 그 건물들의 후면이고, 잠시 후 우리는 그 건물들 앞쪽을 지나 장무樟木로 올라가게 된다는 것이다. 강 건너 건물은 국경 초소에 불과하다는 것. 멀리 산비탈에 장무의 흰 집들이 다닥다닥 붙어 있는 모습이 보인다. 생전 처음 보는 낯선 풍경이다. 장소와 시대는 다르지만 제갈량諸葛亮이 남만의 맹획孟獲을 잡으러 갔을 때도 이러한 감회였을까.

오후 1시 반, 네팔측 이민국에서 출국 수속을 마치고 걸어서 중국 쪽

중국 쪽 국경 마을, 코다리

으로 넘어갔다. 다리는 불과 50m가량 될까. 그 아래는 수십 길 낭떠러지다. 시멘트로 만든 좁다란 다리 위에는 햇볕이 가득 했다. 다리 위에는 우리뿐이었다. 다리 기둥에 우의교友誼橋 Friendship Bridge라고 새겨 넣고 붉은색을 입혔다. 네팔과 중국이 우정으로 이어져 있다는 뜻이다. 카투만두에서 이 다리를 거쳐 라사에 이르는 도로를 또 '우정공로友情公路'라고 부른다. 이처럼 약소국 네팔과 강대국 중국이 유난히 우정을 강조하는 것은 무슨 까닭일까. 이 좁은 다리에 얽힌 수많은 비극을 되풀이하고 싶지 않기 때문일 것이다. 한때 이 다리는 건널 수 없는 다리였다. '죽竹의 장막帳幕'이 철통 같이 세상을 차단했었기 때문이다. 자유를 찾아 서방으로 나가려던 티벳인들은 이 '우정의 다리' 앞에서 총탄에 쓰러지거나 붙들려가 옥살이를 해야 했다. 서방으로 향한 이 출구는 아직도 자유스러운 곳이 아니다. 들어가는 사람이나 나오는 사람이나, 이 다리에서 퇴짜를 맞는 경우가 비일비재하기 때문이다. 나는 이 다리가 또 예토濊土와 정토淨土를 이어주는 연결고리가 되는 것은 아닌가 생각하고 설레는 가슴을 달래면서 천천히 건너갔다.

다리 끝에는 녹색 정복에 정모를 쓴 초병이 좌우에 한 명씩 집총 자세로 서 있다. 좌측 초병 곁에는 젊은 장교가 책상을 길가에 내놓고 앉아 있었다. 여행사 신동석 부장이 우리의 여권을 걷어 장교에게 제출하는 모습이 보였다. 우리는 단체 비자를 받았다. 중국 입국 비자 이외에 티벳 여행 허가, 카일라스 여행 허가를 별도로 받아왔다. 이 모든 허가는 우리 일행 18명에게 공동으로 내주었기 때문에 출입국 심사나 검문소를

우의교, 코다리

통과할 때는 항상 일행 모두가 동시에 나타나야 한다. 일행 중 누가 도망을 갈래도 그렇게 할 수 없게 만든 것이다. 젊은 군인이 우리 일행을 일일이 세어 확인하고, 장교가 여권 사진과 실물을 대조했다. 신 부장은 카일라스 여행 허가가 없으므로 여기서 되돌아가라는 명령을 받았다.

다리 건너 중국 지역은 저쪽과 달라진 것이 없었다. 공기도 똑같고, 흙도 똑같고, 초목도 똑같았다. 햇빛도 똑같이 비치는데, 다만 사람 얼굴이 좀 다르고 구호가 달랐다. 군인들의 표정은 살벌하기까지는 않았지만, 그렇다고 친절하지도 않았다. 아무 표정도 없이 엄숙했다. 사진을 찍으려 하자 단호하게 제지한다. 초소 옆 길가 바위 벽에 한자로 된 구호를 커다랗게 쓰고 그 위에 금칠을 했다. 대충 국경수비에 충성을 다하자는 뜻인 듯했다. 점심 때 본 일자 행렬의 집들은 모두 가게였다. 옷가게, 음식 가게, 사탕이나 과자를 파는 집들이 벼랑에 나무기둥을 세우고 까치집처럼 길가에 붙어 있었던 것이다. 가게를 찾는 손님도 없어 주인 여자들은 TV만 열심히 쳐다보고 있다. 화장실을 물으니 집 뒤켠을 가리킨다. 그 곳에 나가 보니 화장실은 보이지 않고, 수십 길 낭떠러지가 기다리고 있다. 거기다 그대로 용변을 보는 모양이다. 우의교 밑을 통과한 강물이 까마득하게 내려다보인다. 나무기둥 위에 널판자가 얹혀져 있었지만 발을 디딜 수가 없었다. 대소변으로 범벅이 되어 있었기 때문이다.

지프 여섯 대가 기다리고 있었다. 도요타 랜드크루저Toyota landcruiser였다. 겉모양은 멀쩡했지만 만든 지 20년이 넘어보인다. 진즉에 폐차장에

29

갔어야 할 차가 돌고 돌아 이 외진 곳까지 흘러온 것이다. 아무튼 우리는 이 고물차를 타고 카일라스를 돌아 라사까지 2,000km를 달려야 한다. 견 뎌낼 수 있을까. 아무렴, 견뎌낼 수 있으니까 여기에 나타난 것이 아니겠는가. 지프 한 대에 세 사람씩 타기로 하고 행군 제대를 편성했다. 이 머나먼 길을 누구와 함께 같은 차에 타고 갈까. 나는 누구라도 상관 없었지만 그래도 은근히 기다려졌다. 이 기다림은 헛되지 않아, 이해선 씨가 나의 동행이 되었다. 또 한 분은 박용이 선생이다. 짐은 지프 뒷켠에 실었다. 박 선생이 앞좌석에 앉고, 나에게는 운전기사의 뒷좌석이 배당되었다. 이해선 씨가 그렇게 정한 것이다. 앞으로 히말라야를 끼고 달릴 때 앞좌석 말고는 내 자리의 전망이 제일 좋다는 것이다. 물이 한 병씩 배당되었다. 라사신수拉薩神水라는 상표가 붙어 있는데 페트병이 에비앙 못지않게 산뜻하다. 우리 차의 운전기사는 여섯 대 중 '5호차' 스티커를 받아와 앞유리창에 붙였다.

우리 차의 기사는 아주 강인해 보였다. 그가 먼저 스스럼없이 악수를 청하고 스스로를 소개했다. 올해 서른일곱이고, 라사에 사는 토종 티벳인이며, 이름은 '부부' 라고 한다. 우리는 그의 말을 하나도 못 알아들었고, 그는 영어를 못 했다. 그가 한참 떠들다 내 수첩에다 '37' 이라고 썼다. 그가 우리도 써보라는 신호를 보내기에, 나는 '60' 을 , 이해선 씨는 '51' 을 썼다. 부부는 이 신생을 쳐다보며 놀라는 표정을 짓는다. 이 선생의 나이 '51' 을 가리키면서 손을 흔든다. 젊어 보인다는 뜻인지, 자기들과 똑같이 생겼다는 뜻인지 알 수 없었지만 어느 쪽이라도 좋은 일이

타고 갈 차들, 코다리

다. 그의 키는 170cm 정도로 보이며, 머리칼은 새카맣고 곱슬곱슬하다. 검정 바지에 검정 티셔츠, 바지 색깔과 같은 여름 점퍼 차림이다. 얼굴은 검붉고 광대뼈가 튀어나왔다. 눈은 독수리 눈처럼 매섭게 생겼는데, 표정은 밝고 당당하다. 대체로 우리와 비슷한 모습이지만 전라도나 경상도의 시골 장터에서 흔히 볼 수 있는 그런 얼굴은 아니었다.

우리의 캐러밴caravan에는 지프 여섯 대 이외에 짐칸을 포장으로 둘러친 트럭이 또 한 대 따라온다. 여행하는 동안 먹을 것과 마실 것, 그리고 야영을 할 때 쓸 천막과 조리도구, 자동차 연료 등을 실었다. 이로써 캐러밴 총 인원은 우리 일행 18명과 랜디와 네팔인 조리 보조원 두 사람, 그리고 이 곳에서 새로 합류한 티벳인 가이드 소남, 지프 기사 여섯, 트럭 기사 한 사람 등 29명이었다. 현지 시간으로 오후 4시쯤 국경 초소에서 장무로 떠났다. 트럭이 앞서고 지프가 뒤따랐다. 이 곳 시간 4시는 네팔의 2시와 같다. 중국은 자기 영토 전역을 베이징北京 시간으로 통일하여 사용하기 때문에, 이 곳의 중국 시계는 실제 시간보다 두 시간 빠르게 간다. 이처럼 실제 시간과 차이가 많지만 앞으로 중국을 떠날 때까지는 모두 중국 표준시간으로 기록하기로 한다. 부부는 웬일인지 가장 늦게 출발했다. 랜디도 우리 차로 와, 나와 이 선생 사이에 앉았다. 나는 랜디에게 앞으로 계속 이 차에 타달라고 부탁했다.

4시 반경 장무 세관에 도착했다. 제법 번듯한 시멘트 건물 앞에 애띤 얼굴의 사병들이 보초를 서고 있다. 그들은 자동차를 통제하는 차단기를 조작하면서 행인들을 세관 건물 안쪽으로 몰아넣는다. 우리 앞에는 티벳 상인들인 듯한 중년 남녀 십여 명이 커다란 보따리를 메고 세관 관리들의 심사를 받고 있었다. 흥정이 잘못되었는지 보따리를 전부 풀어 검사를 한다. 하는 꼴을 보니 우리 차례는 아직 먼 듯하다. 나는 세관 건물 앞 시멘트 계단에 주저앉아 거리를 관찰했다. 아스팔트 포장을 한 자동차 도로가 비탈길을 치고 올라가고, 그 양옆으로 2~3층짜리 건물들이 빽빽하게 들어서 있다. 아랫층은 모조리 가게들이고, 윗층은 살림집 같다. 건물들은 벽돌로 지은 것이 대부분인데, 많이 낡았다. 도로 양쪽은 모두 가파른 비탈인데, 집들로 가득하다. 맨 윗집이 무너지면, 부서진 집 더미가 아래로 굴러떨어지면서 성냥갑처럼 차례대로 무너져내릴 것 같다. 어느 집에서 개숫물을 버리는지 찻길까지 물이 쏟아져 내려왔다.

우리는 세관의 X선 투시기로 짐 검사를 마치고 차단기를 통과했으나, 여전히 그 자리에 묶여 있어야 했다. 중국 공안(경찰)이 우리 일행의 세관 통관 내용과 명단을 확인하기 위해서란다. 그 때 차단기 건너편에서 아까부터 우리를 노려보던 짐꾼들이 한꺼번에 몰려왔다. 모두가 건장한 원주민 같은데, 차림과 태도가 불량하다. 실실 웃으며 짐을 들어주겠다고 저마다 손을 내민다. 무거운 짐들은 모두 자동차에 실었기 때문에, 짐이라고는 어깨에 멘 카메라 가방이 고작이었다. 내 카메라는 싸구려지만 작가들의 장비는 비싼 것이다. 우리가 거절하는데도 그들은 떠나지 않고 계속 주변을 에워싼 채 힐끔힐끔 쳐다본다. 마치 고기를 뜯어먹는 사자를 둘러싼 하이에나 무리 같다. 올이 굵은 검은 머리를 아무렇

장무

게나 따서 뒤로 넘기고 붉고 하얀 색실을 꼬아 만든 끈으로 이마를 동여 맸다. 얼굴은 짙은 구릿빛으로 번들번들하고, 담배를 입에 문 채 쉴새 없이 떠든다. 허리에는 앞치마 비슷한 것을 두르고 속에는 바지를 입었다. 누군가 카메라를 들이대자, 팔을 휘두르면서 달려든다.

하지만 거리에는 멋쟁이들도 더러 보였다. 청바지에 흰 티셔츠 차림도 있고, 대담한 반바지 차림도 있다. 가게 주인이 나와 우리를 보고 어디서 왔느냐고 물었다. '코리아'라고 했더니, "아! 코리아…" 하면서 발로 공을 차는 시늉을 하며 손가락 네 개를 펴보인다. 그와는 서툰 영어가 통했다. 월드컵 소식을 어떻게 알았냐고 묻자, 카운터에 있는 TV를 가리켰다. 자신은 한족漢族이며, 여기는 한족들이 많다고 알려줬다. 다시 한번 좁은 세상에서 살고 있다는 것을 실감하지 않을 수 없었다. 이 깊은 히말라야 골짜기에서도 멀고 먼 극동의 서울에서 벌어지는 일을 거의 동시에 알고 있으니 말이다. 6시쯤 모든 수속이 끝나고, 다시 지프에 올랐다. 부부가 뭐라고 말했지만 알아들을 수 없었다. 그 사이 언제 나타났는지, 이번에는 환전상들이 돈을 바꾸라고 아우성이었다. 길가의 플라스틱 물 호스 끝에서 어린 소녀가 채소를 씻고 있는 모습이 눈에 들어왔다. 이 선생도 그것을 보았는지 감탄을 한다. "아이고 씻고 또 씻고, 깨끗하게도 씻네." 세수도 하지 않은 얼굴에 땟국이 자르르한 짐꾼들의 모습과는 전혀 달랐다. 이 장무라는 국경 도시는 전통과 현대, 정복민과 피정복민, 뉴욕이나 파리에서 온 서양인, 서울이나 도쿄에서 온 동양인들, 과거와 현재가 뒤섞인 채 끓고 있는 접점接占 같았다.

오늘의 목적지인 니얄람Nyalam까지는 약 한 시간 반쯤 걸린다고 랜디가 말했다. 시계 바늘은 오후 6시를 가리키고 있지만, 실제로는 오후 4시다. 지프는 비탈길을 힘겹게 치고 올라가 이 조그만 도시를 빠져나갔다. 시내를 벗어나니 바로 비포장 길이다. 이 고물 지프는 울퉁불퉁한 산길을 거침없이 달린다. 엉덩이가 천장에 달라붙을 듯, 몸 전체가 심하게 튄다. 옆을 내려다보니 글자 그대로 천야만야 낭떠러지다. 불현듯 현기증이 났다. 이 선생이 나에게 왜 이 자리를 권했는지 그 속셈을 이제야 알겠다. 우리는 지금 좁은 V자와 같이 생긴 깊은 계곡의 중간에서 꼭대기를 향해 올라가는 중이다. 맞은편 산벼랑은 푸른 숲으로 가득 차고 군데군데 가녀린 폭포가 반짝반짝 빛을 발한다. 물은 위에서 아래로 흐르는 것이 아니라, 흐름이 뚝뚝 끊긴 채 여기 저기로 퍼져 있다. 마치 밤하늘을 흐르는 유성이 일시 정지된 모습 같다. 구름이 목화송이처럼 피어나 산을 에워싸면서 하늘로 오르고 있어 신비감을 더해주고 있다.

랜디가 말했다. "오늘 날씨가 좋아서 선생님들 좋은 구경하십니다." 이 곳은 늘 안개와 구름 속에 묻혀 있는데, 오늘은 모처럼 산 전체가 베일을 벗고 온 몸을 드러내보였다는 것이다. 실제로 지금 내 앞에 펼쳐지는 풍경은 신선이 단정학을 타고 날아다니는 천산만학의 동양화 한 폭 같았다. 부부는 내가 가슴을 졸이건 말건, 도로 가장자리를 아슬아슬 지나가면서 카세트 테이프까지 틀었다. 군가처럼 씩씩하고 경쾌한 노래였다. 언젠가 무협영화에서 본 정의의 군사들이 영웅을 따라 사악한 무리를 쳐부수러 갈 때 배경으로 깔아준 노래와 같은 느낌이었다.

이렇게 마음 졸이던 길도 잠깐, 지프는 낭떠러지 계곡을 버리고 산봉우리에 올라섰다. 어느새 푸른 숲은 사라지고 민둥산에 키 작은 가시나무 같은 것이 띄엄띄엄 보일 뿐이다. 해는 완전히 사라지고 낮도 아니고 밤도 아닌 상태가 되었다. 바깥 공기가 선선하다. "니얄람에 다 왔을 거예요." 이 선생이 혼잣말처럼 흘리면서 팔뚝에 찬 고도계를 본다. 3,500이라고 알려주면서 나에게 아무 이상 없느냐고 묻는다. 3,500이라니⋯. 그 이야기를 듣고 나니 가슴이 뛴다. 나는 백두산에 오른 것이 고작이라서 난생 처음 높은 곳에 오른 것이다. 7시 30분경 니얄람에 도착했다. 이제 우리는 비로소 티벳 고원의 관문에 들어선 것이다. 사람이 만든 관문은 장무에서 통과했지만, 자연이 만든 이 관문의 통과 여부는 내일 아침이 되어야 알 수 있다고 한다. 이 곳에서 하룻밤을 보내면 고산증을 견딜 수 있는지 알 수 있다는 뜻이다. 우리는 자동차가 다니는 길가의 아돈여관阿頓旅館Nga Don에 짐을 풀었다.

나에게 배정된 방은 3층이었다. 심 회장, 이 선생과 함께 룸메이트가 되었다. 계단을 올라가는데, 가슴이 콩콩 뛴다. 방에는 나무침상이 세 개 놓여 있었다. 바닥에는 요가 깔려 있고, 솜이불 같은 덮개가 침상 끝머리에 개어져 있다. 요와 이불은 축축하고 냄새가 났다. 밖에 개울이 있는지 물소리가 꽤 크게 들린다. 내 침상 곁에 창문이 하나 있고 넝마 같은 커튼이 달려 있다. 침상과 침상 사이는 한 사람이 겨우 빠져나갈 정도도. 심 회장이 침상에 누워 나를 요모조모 살핀다. 내가 무슨 일을 하는 녀석인지 궁금할 터이고, 뭣하러 예까지 따라왔는지도 알고 싶을 것이다. 그건 나도 마찬가지였다. "아, 이게 무슨 사서 고생이야. 이 선생. 나는 해성의 꾐에 빠져 예까지 왔어. 이왕 왔으니 내 몸이 얼마나 견디나 어디 시험이나 해봐야겠어." 말은 그렇게 했지만 표정은 말짱했다. 도저히 일흔 노인 같지 않다. 깡마른 체격에, 눈에 정기가 살아 있고 목소리에도 힘이 넘친다. 나도 한 말씀 드려야 예의일 것 같았다. "아이고, 회장님. 저는 빙빙 돕니다. 어젯밤 하이야트가 그립네요." 날은 완전히 어두워져서 여관 처녀가 방마다 돌아다니며 촛불을 켜준다. 복도에도 촛불을 군데군데 밝혔다.

나는 이 선생과 밖으로 나갔다. 길은 깜깜한데 하늘은 별빛으로 찬란하다. 집집마다 창으로 붉은빛이 새어나올 뿐 길에는 나다니는 사람이 없다. 서울은 삼복 더위가 한창일 터인데, 지금 여기는 초가을 날씨처럼 선선하다. 내가 들은 바로는 이 근처에 밀라레파Milarepa가 수도하던 동굴이 있을 터인데, 그 곳이 어디인지 알 수가 없다. 바로 이 지방 출신인 밀라레파는 살아서 부처가 된 티벳 최고의 성자이자 시인이었다. 그가 노래한 시는 자그마치 10만 수나 된다고 한다. 니얄람이라는 이름도 밀라레파가 지었다고 전하는데, '지옥의 문'이라는 뜻이라고 한다. 앞으로 지리적으로 험난한 길이 기다리고 있다는 뜻도 되고, 속세를 버리고 깨달음을 구하는 길이 얼마나 어려운가를 암시하는 말도 된다. 우리는 너무 많이 걸어나온 것 같았다. 좌우로 집들이 보이지 않으므로 되돌아가기로 했다.

밤 10시 반, 랜디가 방마다 돌아다니면서 저녁을 들라고 한다. 트럭이 늦게 도착하는 바람에 식사 준비가 늦었다고 미안해한다. 식당에는 촛불이 켜져 있었지만 컴컴해서 사람들의 얼굴을 알아보기 힘들 정도였다. 비로소 히말라야의 높은 마루에 내가 올라와 있다는 사실이 실감났다. 돼지고기 찜, 계란말이, 오이무침, 김치와 밥. 훌륭한 식단이었다. 히말라야의 3,700m 고도에서 먹어보는 오이와 김치의 맛은 각별한 것이었다. 오이 특유의 신선한 향미香味가 새롭다. 모두가 시장했던지 잘 들었다. 부인들의 명랑한 말소리가 분위기를 한결 밝게 만들어주었다. 부인들은 "나에게 고산증 같은 것은 없다"라고 씩씩하게 말했다. 우리 모두도 덩달아 안심이 되어 밥을 두 공기씩이나 먹었다. 불현듯 나는 토머스 만의 소설 《마魔의 산山》이 생각났다. 낯선 사람들끼리 만나 제각기 살아온 사연을 털어놓던 알프스 요양소의 식탁 풍경이 이와 같지 아니했을까.

히말라야 파노라마

제 3 일 2 0 0 2 년 6 월 2 4 일 월요일 흐린 뒤 맑음
니얄람-랍룽 라-사가

물 소리에 잠을 깼다. 날이 밝는지 창 밖이 훤하다. 나는 심 회장과 이 선생이 깨지 않도록 주의하면서 화장실을 찾았다. 다이나막스 탓인지 손끝이 저릿저릿하다. 다이나막스는 카투만두 호텔에서 신동석 부장이 열 알씩 나누어준 이뇨제인데, 고산증 예방에 효과가 있는 것으로 알려졌다. 지난 밤은 꿈도 없이 잘 잤다. 두통도 없고 속도 편하다. 오줌도 시원하게 잘 나오므로 다이나막스는 더 이상 먹지 않기로 작정했다. 침상으로 돌아와 눈을 감고 명상에 들었다. 물소리가 점점 커지다가 멀어지고, 이 선생의 숨소리가 들린다. 초월이 되는 것을 알아차리자, 이윽고 편안함과 기쁨이 찾아왔다. 천천이 눈을 뜨니 어느 새 30분이 훌쩍 지나갔나보다. 몸이 날 듯 가벼워졌다. 밤새 비가 많이 내린 모양이다. 길바닥의 패인 곳에 물이 홍건하게 고였다. 아침은 여관 지하 층에서 들었다. 말이 지하 층이지 한쪽 면이 툭 터진 공터다. 그래서 엉성한 벽 너머로 시내가 내다보였다. 물은 많지 않았으나 폭은 상당히 넓었다. 홍수에 떠내려가다 멈춰선 지프 만한 바위들이 어지럽게 흩어져 있다.

8시 반, 우리는 니얄람을 떠났다. 마을을 빠져나와 다리를 건너니 아주 잘 닦인 도로가 기다리고 있다. 땅 빛깔은 회백색이었다. 어릴 때 학교에 다니면서 걷던 그런 신작로였다. 앞차가 달리다 말고 섰다. 사람들이 내려 카메라를 들고 산으로 오르는 것이 보였다. 우리 차 앞좌석의 박 선생도 내려서 산으로 갔다. 그러나 이해선 선생은 꼼짝도 하지 않으며 "저 언덕에 다루초가 있어요. 한번 가 보세요. 나는 여러 번 보았으니까요" 한다. 나는 차에서 내려 마을 쪽을 건너다보았다. 제법 큰 규모였다. 집들이 시내를 끼고 한 일자로 길게 늘어서 있다. 3~4층짜리 건물들이 수두룩하고, 5층짜리도 몇몇 보인다. 마을에는 숲이 보였지만, 그 너머로는 녹색을 띤 밋밋한 능선이 끝도 없이 이어지다 허공으로 풀어져 사라져버렸다. 랜디는 고단했는지 지프에서 졸고 있다.

나는 작가들이 촬영하는 곳으로 구경을 나갔다. 길가 언덕에 다루초 Tarcho가 바람에 나부끼고 있었다. 다루초란 소원을 담은 깃발을 뜻하는데, 이 다루초를 달아놓은 장소를 이 곳 사람들은 매우 경건하게 모신다. 신령이 깃든 곳이라고 믿는 것이다. 대개 올라가기 힘든 큰 고갯마루나 마을로 들어가는 높은 재 위에 있다. 가운데에 나무나 돌기둥을 세우고 오색 천을 감는다. 그리고 다섯 가지 색깔의 사각형 깃발을 수십 장씩 매단 기다란 줄을 초등학교 운동회 때 만국기처럼 사방에 펼쳐지도록 기둥에 묶는다. 멀리서 이 다루초를 보면 그 오색 영롱한 모습이 쪽빛 하늘 아래 한 덩어리의 꽃처럼 보인다. 다루초의 다섯 가지 색깔은 티벳 불교의 5선정불五禪定佛을 암시하는 것이다. 즉 바이로차나(靑), 바

즈라사트바(白), 라트나삼바바(黃), 아미타바(赤), 아모가싯디(綠)를 상징
한다. 그래서 이 곳 사람들은 다루초를 함부로 건드리거나, 줄을 넘어다
닌다던가 하면서 훼손하지 않는다. 나그네들은 이 곳을 만나면 짐 속에
서 자기가 준비한 다루초를 찾아내 걸거나, 그것이 없으면 오체투지로
경배를 드린다. 다섯 분의 부처님이 이 곳에 내려와 게신다고 믿기 때문
이다. 우리나라에도 서낭당이라는 것이 있어서 금줄로 묶은 나무와 나
그네들이 지나면서 쌓아올린 수북한 돌더미가 있었다. 길손들이 재를
넘으면서 여행 길의 안전을 기원했던 것이다. 이처럼 다루초는 종교적
목적 이외에 나그네들의 등대 구실을 해주기도 한다. 대개 멀리서도 잘
보이는 곳에서 나부끼고 있기 때문에 황량한 고원을 헤매는 길손들은,
이 다루초를 만나면 가까운 곳에 마을이 있다는 것을 알 수 있었다. 그
래서 이 다루초도 니얄람 입구 언덕 위에 서 있었던 것이다.

홍 교수는 카메라 두 대를 목에 걸고, 손에는 비디오 카메라까지 들었
다. 젊은이들도 벅찰 상당한 무게였다. 그러면서 촬영지도까지 하고 있
었다. "이 다루초를 앞에 두고 저 멀리 흰 눈을 뒤집어쓴 히말라야를 잡
으세요. 구도를 어떻게 잡느냐에 따라 작품도 천차만별이니까요." 모두
들 열심이었다. 나도 덩달아 몇 번 셔터를 눌렀다. 그러면서 속으로는
부끄러웠다. 수백만 원짜리 비싼 장비로 진지하게 촬영에 임하는 프로
들의 작업 현장에 싸구려 자동카메라를 들고 끼여들었으니, 이는 곧 어
물전 꼴뚜기가 따로 없다는 생각이 들었던 것이다. 그래서 나는 뒷자리
에서 구경만 하다가 기회가 나면 몇 컷 챙기곤 했다. 내 장비는 10년도

다루초, 니얄람

더 된 미놀타 자동카메라인데, 신통하게도 줌 기능까지 달려 있었다. 노출과 거리는 자동으로 처리되기 때문에 셔터와 흔들림만 조심하면 그림이 제법 나왔다. 이것 말고 캐논 디지털 카메라도 가져갔다. 그러나 이 카메라는 조작 방법도 잘 모르기 때문에 사진이 나올지가 의문이다. 내 홈페이지에 올릴 풍경을 담기 위해 가져간 것이다.

10시경, 우리는 여하촌如何村이라는 팻말이 서 있는 마을을 통과했다. 홍순태 교수의 차가 또다시 멈춰섰다. 마침 여남은 살 남짓한 소녀가 새끼 양을 가슴에 안고 길가에서 생글생글 웃고 있었기 때문이다. 모든 사람이 내려 그 소녀를 에워쌌다. 그래도 이 소녀는 놀라거나 수줍어하지 않고 태연히 카메라 세례를 받아넘기고 있었다. 이해선 선생도 열심이었다. 소녀의 신발은 검은 운동화였다. 머리는 감아서 붉고 푸른 끈으로 단정하게 묶었다. 붉은 웃저고리에 검은 치마를 입고, 알록달록한 앞치마를 둘렀다. 빨강 · 파랑 · 초록의 색돌을 꿰어 만든 목걸이와 팔찌를 차고 커다란 은 장식이 달린 띠로 허리를 맸다. 가슴에 품은 양은 태어난 지 며칠 되지 않아 보이는 까만 녀석이었다. 웃는 모습과 표정이 아름다웠다. 당당하고 활달하되 경박하지 않다. 선물은 사양 않고 받되 비굴하지 않았다. 우리는 낯선 사람을 만나면 이 어린 소녀처럼 웃을 수 있을까.

이 소녀의 뒷쪽으로 펼쳐진 양지 바른 언덕 위에는 꽤 큰 집이 자리잡고 있다. 흙벽돌로 지은 것 같은데 지붕이 평평하다. 랜디에게 까닭을

물으니 이 곳은 바람이 너무 강해서 뾰족지붕은 견디지 못한다는 것이다. 또한 비가 많지 않고 건조해서 흙지붕도 잘 버틸 수 있는 데, 흙은 아주 우수한 단열재라서 여름에 시원하고 겨울에 따뜻하다는 것이다. 우리 식으로 말을 보태면, 흙은 원적외선을 방출하고 통풍도 잘 되어 실내 습도를 쾌적하게 만들어주기 때문에 아주 이상적인 건축재료가 되는 것이다. 이 같은 흙집 덕택으로 토박이들은 그 지독한 혹한과 혹서를 견뎌왔던 것 같다. 지붕 위에는 마른 나뭇가지가 여러 단 묶여 쌓여 있다. 한겨울 땔감이라는데, 이것이 많은가 적은가로 부자냐 아니냐를 알 수 있다고 한다. 길가에는 보리와 비슷한 작물이 자라는 밭이 있고, 밭의 끄트머리는 또 수십 길 낭떠러지다. 낭떠러지 위에서 건너다보이는 높은 산에는 지그재그로 길이 난 흔적이 보이고, 그 아래 백여 호 되는 큰 마을이 자리잡고 있다. 낭떠러지 바로 밑에는 강이 흐르고 강과 마을 사이에 계단식 밭들이 오밀조밀 비비대고 늘어서 있다. 소유 경계를 나타내주는 밭뚝들이 초록색 밭을 아무렇게나 휘집고 다닌다. 하늘은 푸르고 햇볕은 눈부시다.

길은 계속 평탄하고 넓었다. 비록 포장은 안 되었지만 패인 데가 드물고, 차 두 대가 지나갈 정도로 넓었다. 그러나 오가는 자동차는 보이지 않았고 경운기만 어쩌다 눈에 띄었다. 초등학교처럼 보이는 납작한 건물을 지났다. 오성기가 휘날리고 '아는 것이 힘이다' 라는 취지의 구호가 벽에 씌어 있다. 한길에는 마침 등교하는 어린이들이 두 줄로 서서 행군을 하고 있다. 하나같이 초록색 교복에 붉은 스카프를 매고 있다.

여하촌

우리의 차가 먼지를 뿌리며 지나가는데도 손을 흔들어준다. 차림은 구차해 보였지만 희망의 싹은 이 곳 하늘만큼이나 파랗고 씩씩해 보였다. 길섶에 제법 큰 내가 보인다. 보리와 같은 작물이 자라는 밭머리에서 당나귀가 풀을 뜯고 있었다. 이 곳 당나귀는 갓 태어난 송아지 만하다. 그런데도 워낙 힘이 좋아서 배 양쪽에 제 몸뚱이 만한 짐을 달고 산길을 잘도 간다. 화려한 안장에 나이든 부인을 태우고 앞서가는 식구들을 쫄랑쫄랑 따라가는 당나귀를 만나면 그 집 식구인 양 정겹다. 가끔 까불고 심술도 부리지만 참을성이 많고 힘이 좋아 사람과 짐을 옮겨주는 긴요한 교통수단이 된 지 오래다. 앞서가는 차에서 부인들이 내려 삼각대를 펼쳐놓고 히말라야를 촬영하는 모습이 보인다. 아마 부인들이 카메라 파인더로 내다보는 풍경은 백설을 머리에 인 검은 산줄기와 흰 구름이 둥둥 떠다니는 푸른 하늘일 것이다. 그리고 마른 강바닥도 약간 보일 것이다.

이제까지 앞차를 얌전하게 따라가던 부부가 갑자기 속력을 내더니 경적까지 울리면서 앞장서 나간다. 차는 그나마 밥상보만큼 보이던 푸른 밭을 버리고 산을 올라가기 시작했다. 길은 커다란 갈짓자 형상이다. 낭떠러지는 아니었으나 상당히 가파른 것 같았다. 이렇게 40분쯤 오르더니 차가 멈춰섰다. 구름 속에 들어온 양 시야가 흐릿하다. 풀 한 포기 보이지 않는 회색의 단단한 모래 땅이다. 바람이 강하고 쌀쌀해서 바람막이 겉옷의 지퍼를 올려야 했다. 이 선생이 새삼스레 "괜찮으세요?" 하고 묻는다. 아직 몸에 특별한 이상은 없었다. 여기에도 다루초가 서 있었는

당나귀, 파양

데, 깃발들이 바람에 심하게 나부끼고 있었다. 작가들은 다루초를 카메라에 담느라고 정신이 없어 보였다. 다루초가 서 있는 길 맞은편에 안내판과 표석이 보였다. 건너가서 읽어보니 '주봉자연보호구역珠峰自然保護區域Qomolangma Nature Preserve'라고 씌어 있다. 지도에는 랍룽 라 패스Lablung La Pass라고 표시된 곳이다. 이 곳 말로 라La 란 '고개, 재'를 뜻한다니까 그냥 랍룽 재Lablung Pass라고 써야 맞지 않을까 하는 생각이 든다. 지도에 표시된 이 곳의 높이는 해발 5,124m다. 나는 난생 처음 5,000m의 고지에 올라온 것이다. 심장 박동이 좀 빨라진 듯한 느낌이 들었으나 두통이 오거나 숨쉬기가 곤란할 정도는 아니었다. 구름에 싸인 듯, 안개에 묻힌 듯, 해는 보이지 않고 빛만 은은하다. 땅 모양은 그저 둥그스름하고 펑퍼짐하다. 이 곳이 바로 히말라야의 등뼈였다. 그 높고 험준한 히말라야 산맥 중에 요행이 사람이 지나다닐 수 있는 고갯마루가 몇 개 나 있는데, 그 중 하나가 여기다. 우리는 이제 막 히말라야 산맥을 넘어선 것이다. 여기서 팅그리Tingri 쪽으로 곧장 100km쯤 더 가다가 오른쪽으로 꺾어들면 에베레스트Everest, 티벳 말로는 초모랑마Qomolangma 등정을 위한 베이스 캠프에 닿을 수 있다고 한다. 그러니까 우리는 지금 막 에베레스트 자연보호 구역을 통과하는 중이었던 것이다.

부부는 예서부터 카일라스를 돌아올 때까지 항상 맨 앞에서 달렸다. 랍룽 라에서 왼쪽으로 꺾어 서쪽으로 방향을 틀었다. 도로는 없어지고 그저 고원의 광활한 맨 땅이 일망무제로 펼쳐졌다. 땅바닥에 희미한 바

랍룽 라

퀫자국만 보일 뿐인데도 부부는 거침없이 달렸다. 그는 다른 기사들보다 나이도 많고 경험도 많은 대장 기사였던 모양이다. 길을 찾아 앞장서 달리면서도 뒷차가 보이지 않으면 멈춰서서 기다렸다. 부부가 서면 다른 차도 따라서 섰고, 혹시 다른 차가 먼저 떠나더라도 부부가 지정해 준 곳에서 기다리는 것 같았다. 이들은 가끔 일렬 종대로 달리는 것이 갑갑했던지 50~100m씩 간격을 두고 일렬 횡대로 고원을 누비기도 했다. 자욱한 흙먼지를 일구며 달리는 지프들을 멀리서 바라보면 제트 운을 내뿜으며 창공을 날으는 전투기들의 편대 비행 같았다. 아무리 도로가 단단하고 평평하다 해도 포장된 도로에 비할 수는 없다. 부부는 이런 도로를 60km 넘게 달렸다. 덕택에 우리는 짐짝 튕기듯 엉덩이가 차 천장에 붙었다 떨어졌다 하기를 수도 없이 반복해야 했다. 앞좌석의 박 선생이 "슬로! 슬로!"를 외쳤지만 소용없었다. 이렇게 달리면서도 차를 고장내지 않는 것을 보니, 이들의 운전 솜씨는 신기에 가깝다고 할 수 있지 않을까.

12시 30분쯤 우리는 검문소를 통과했다. 아무리 주위를 둘러보아도 사람 사는 곳이 보이지 않았다. 들판 한가운데 벽돌집이 두 채 있을 뿐이었다. 검문소 바로 앞에 폭 2m 정도의 시내가 흐르고 있는데, 오로지 이것 하나가 천연의 바리케이드 노릇을 하는가 싶다. 사람과 가축은 아무 데서나 몰래 쉽게 건널 수 있겠지만 바퀴 달린 수레나 자동차는 검문소가 있는 곳 아니면 건널 수 없을 것 같았다. 다른 곳은 진창이고 여기만 단단한 자갈밭이기 때문이다. 시내에서는 젊은 처녀 둘이 빨래를 하고 있었고, 건물 안에서 웃통을 벗은 젊은 청년 하나가 느릿느릿 걸어나왔다. 물의 깊이는 한 30cm가량 될까, 우리의 지프는 모두 쉽게 시내를 건너 막대기로 된 엉성한 차단기 앞에 죽 늘어섰다. 티벳 가이드 소남과 랜디가 초소로 들어갔다. 우리는 차에서 내려 시내에 손도 씻고 세수도 했다. 물이 섬짓할 정도로 차다. 나는 맨손 체조를 하며 히말라야의 하늘을 올려다보았다. 목화솜 같은 구름이 서너 점 한가로이 떠 있을 뿐 쪽빛인지 청색인지, 에메랄드 빛인지, 짙푸른 하늘이 온 천지에 펼쳐져 있었다. 이 선생의 목소리가 등뒤에서 들렸다. "하늘을 그렇게 쳐다보지 마세요. 아무리 선글라스를 썼다 해도 화상을 입습니다. 차에서 내릴 때는 맨손으로 다니시지 말고 장갑도 꼭 끼세요. 손에 물집이 생길 수도 있습니다." 나는 시키는 대로 했다.

부부는 30분쯤 더 가다 섰다. 주위에는 우리 일행뿐, 아무것도 없었다. 랜디가 도시락을 나누어주었다. 김밥과 망고 한 알이다. 우리는 지프가 만들어주는 그늘에 옹기종기 모여앉아 점심을 들었다. 밥맛이 별로 없다. 김밥 한 알을 등 뒤로 던지면서 "고시레" 했다. 부부가 이 모양을 보면서 뭐라고 지껄이더니 자기도 따라서 한다. 망고는 처음이라서 먹는 방법을 몰랐다. 껍질이 무척 단단하다. 우리나라의 모과 같이 생겼다. 김봉제 회장이 시범을 보였다. 망고를 손으로 주물러 말랑말랑하게 만든 다음 한쪽 끝을 입으로 따내고 과육을 빨아먹었다. 몸통의 절반이 넘을 만큼 씨가 크다. 그러나 맛은 달고 향긋했다. 그 때 어디서 나타났는지 커다란 개 한 마리가 우리의 눈치를 보면서 슬슬 다가오고 있었다.

신기한 일이었다. 아무리 둘러봐도 나의 시야에는 집이나 텐트가 보이지 않는데, 이 견공은 어디서 나타난 것일까. 이해선 선생이 김밥이며 육포를 던져주니, 주저없이 받아먹으면서 점점 더 우리 쪽으로 접근을 한다. 이 선생이 그쪽으로 가 머리를 쓰다듬으며 아예 끌어안기까지 했다. 다행히 개는 잘 길들여진 모양이다. 그렇다면 이 개의 주인도 이 근처에 있어야 될 것 아닌가. 아마 우리의 시야가 도달하지 못하는 먼 거리에서 음식 냄새를 맡고 예까지 찾아왔을 것이다.

땅바닥은 누렇게 메말라 잔뜩 굳어 있었다. 주먹 만한 자갈들이 무수히 흩어져 있다. 그리고 그 돌들 사이로는 붉은 자주색 꽃이 여기 저기 피어 있었다. 다닥다닥 붙어 있지 않고 따로따로 떨어져 혼자 피어 있다. 이파리보다 꽃이 더 크다. 나팔꽃 비슷한데, 크기는 훨씬 작다. 줄기는 없다시피 하고 그냥 땅에 붙어 있는 듯하다. 모래 언덕에는 가시덩굴에 작고 노란 꽃이 몇 송이 매달려 있는 모습도 보인다. 이 사막 같은 황량한 땅에 당당히 피어 있는 꽃들의 생명은 얼마나 놀랍고 감동적인가. 해발 4,500m의 고원에서 꽃을 만나리라고는 상상도 하지 못했던 것이다. 왼편으로는 검은 산봉우리들이 구름에 몸을 숨겼다가 드러내기를 되풀이하면서 장쾌한 파노라마를 연출하고 있었다. 히말라야 연봉들이 지나가는 구름 떼와 숨바꼭질을 하면서 용이 흰 배를 드러내듯, 그렇게 눈에 덮힌 머리를 보여주고 있었다. 쪽빛 하늘에서 빛나는 태양은 다만 조명 담당이고, 지나가는 구름은 휘장이며, 장대한 히말라야는 무대의 배경일 뿐이다. 관객도 없이 펼쳐지는 이 장엄한 드라마의 총감독은 엉

시샤 팡마(해발 8,012m)

뚱하게도 짖궂은 바람이었다. 내가 넋을 잃고 바라보고 있노라니, 부부가 "시샤 팡마Shisha Pangma"라고 말하면서 우람한 산을 가리킨다. 이 선생도 감탄한다. "참 운이 좋네요. 저 산들이 랑탕 히말라야입니다. 히말라야에서 가장 아름다운 부분이지요. 작년에 여기를 지날 때는 구름이 잔뜩 껴서 아무것도 보지 못했답니다. 우리는 저런 히말라야 연봉들을 바라보며 이삼 일을 계속 서쪽으로 달릴 것입니다."

랍룽 라를 넘어온 뒤로부터 카일라스까지는 줄곧 해발 4,500m 안팎의 사막과 초원의 연속이다. 오후 4시쯤 우리는 거대한 함수호 팔쿠 초Palku Cho(해발 4,595m)를 지났다. 고개를 넘어가면서 바라보니 물 빛깔이 하늘 색을 닮았다. 이 고개도 상당히 높은 듯, 마루에 올라서자 아래가 까마득하게 내려다보인다. 기사들이 오린 종이 조각을 한 웅큼 허공에 뿌리며 "옴 마니 펫메 훔!"을 되뇐다. 6시 반경 우리는 큰 강을 오른쪽으로 끼고 달리게 되었다. 얄룽창포Yarlung Tsangpo 강이라고 한다. 부부는 강 건너의 꽤 큰 시가지를 가리키면서 '사가'라고 말했다. 오늘의 목적지에 도착한 것이다. 그 때 우리가 탄 차가 '부르릉' 하더니 시동이 꺼졌다. 부부가 내려 본닛을 열고 카뷰레터 뚜껑을 열더니, 그것을 입으로 불고 빨고 야단이다. 목적지를 코앞에 두고 한데서 잠을 잘 것을 걱정하는데, 다시 시동이 걸렸다. 차는 언제 고장이 났냐는 듯 기세 좋게 달려 강가에 도착했다. 아마 최신식 전자 장비가 달린 차였다면 이렇게 쉽게 고치지 못했을 것이다.

강은 생각보다 넓고 컸다. 깊이는 알 수 없었으나 폭이 100m 가까이 될 성싶다. 제법 물결이 큰 걸 보니 수심도 깊고 물살도 센 듯하다. 도선장에는 우리보다 앞서 도착한 인도인들을 태운 지프와 트럭이 9대나 기다리고 있었다. 커다란 바지선이 차와 사람들을 실어나르고 있었다. 지프는 한 번에 4대씩, 트럭은 한 대씩 탄다. 바지선은 강을 가로질러 매어놓은 굵은 쇠줄을 잡고 끌어서 움직인다. 선장은 40대 후반으로 보이는 건장한 사내인데, 중절모를 쓰고 허리에는 단도를 찼다. 얼굴은 검정에 가까운 구리 빛깔이고 뺨에는 자외선 때문에 입은 화상으로 진물이 흐르고 있었다. 랜디와 소남이 도강을 부탁했으나 거절당한 것 같다. 이선생을 통해서 귀동냥한 바로는 근무 시간이 끝나 오늘은 일을 할 수 없다는 것이다. 그럼 오늘밤 잠은 어디서 자고? 그건 선장인 자기가 알 바 아니라는 태도였다. 큰소리가 몇 번 오가더니 지프 6대 중 2대는 지금 건네주고, 나머지 4대는 강변에서 노숙한 뒤 뒤따라오는 트럭과 함께 내일 도강시켜주겠다는 것이다. 우리의 지프는 남겨진 4대 중 하나가 되었다. 부부가 짐을 다른 지프에 옮겨싣는다. 우리는 지프 4대와 운전기사 네 사람을 남겨두고 강을 건넜다.

물 빛깔은 회색이었다. 나루에서 그토록 떠들던 선장도 승객도, 배 위에서는 이상하게 조용해졌다. 강 복판에 이르자 거대한 물살이 빠르게 흘러가는 모습이 뚜렷하다. 이 강은 우리가 가고자 하는 카일라스에서 물이 처음 흐르기 시작하여 티벳 고원을 서에서 동으로 가로질러 흐르다가, 히말라야를 넘어 방글라데시를 거쳐 뱅골만으로 빠져나간다.

얄룽창포 강

티벳에서는 이 강을 얄룽창포라고 부르고, 방글라데시에서는 '브라마푸트라' 라고 부른다. 얄룽창포는 메마른 티벳 고원을 적셔 사람과 짐승에게 물을 먹여주고 풀과 곡식을 자라게 해 먹을 것을 길러주는 젖줄이다.

강을 건너는 데는 20분도 채 걸리지 않았다. 배에서 내리니 가가도선장加加渡船場이라고 붉은 글씨로 아무렇게나 휘갈겨 쓴 팻말이 모래 바닥에 꽂혀 있다. 어린이들과 부인네들이 기다렸다는 듯이 우리에게 달려든다. 해가 저물어 제법 쌀쌀해졌는데도 아이들의 옷차림은 허술하기 짝이 없다. 운동복 바지에 양복 웃저고리를 걸쳤는데, 옷이 너무 낡고 헤져 있어 바람이 숭숭 통하게 생겼다. 새까맣게 탄 얼굴에 때가 묻어 꼬질꼬질하다. 모래 바닥에 앉아 있는 나에게 달라붙어 새끼손가락을 까딱가딱한다. 이럴 때를 대비해 준비해 온 사탕과 볼펜을 나누어주었다. 주머니에 든 것이 순식간에 동났다. 나머지는 짐 속에 있지만, 지금은 내 짐이 어디에 있는지조차 알 수 없었다. 어디서 나타나는지 아이들은 갈수록 많아졌다. 도리없이 나는 슬슬 도망을 다닐 수밖에 없었다. 그 때 바지선이 다시 빈 배로 건너가는 것이 보였다. 교섭이 잘 되었는지 저쪽에서 기다리던 우리 일행을 태우고 건너왔다. 20분이면 건널 수 있는 강을 두 시간 만에 건넌 것이다. 그러나 그것도 다행이다 싶었다.

이 곳 사람들은 웬만해서는 화를 내지 않는다. 도선장에서도 큰 목소리로 화를 낸 쪽은 우리 일행이었고, 그들은 소리를 지르지 않았다. 지프를 험하게 몬다고 어른들이 종종 화를 내는 모양인데, 운전 기사들은 들은 척도 하지 않았다. 조용히 담배만 피웠다. 아까 우리 차가 고장났을 때, 나 같으면 화도 나고 초조해서 쩔쩔맸을 터인데, 부부는 아주 태연했다. 우리의 조바심 같은 것은 아랑곳하지 않고 자기가 할 일에만 최선을 다한다는 태도다. 그러나 지나가다가 고장난 트럭을 보면 반드시 멈춘다. 그리고 그쪽 기사와 몇 마디 나누다가 우리의 양해 같은 것은 묻지도 않고 연장을 꺼내 고쳐준다. 당연히 해야 할 일을 한다는 모습이고, 공치사 같은 것도 물론 없다. 30분이고 한 시간이고, 고장난 차를 다 고치면 서로 제 갈길을 갔다. 구걸하는 어린이들조차 작대기를 휘두르며 쫓아내도 화를 내는 법이 없었다. 참으로 신기한 일이었다. 부처님의 가르침이 몸에 배서 그렇기도 하겠지만, 이 곳의 자연 조건 역시 사람들로 하여금 함부로 화를 내지 못하도록 만든다는 것을 알게 되었다. 여기는 4,500m 안팎의 고지대라는 사실을 한시라도 잊어서는 안 된다. 기압이 낮고 산소의 양이 평지의 60% 수준이다. 이 때문에 건강한 청년도 뛰면 숨이 가쁘다. 이들의 걷는 모습을 보면 물이 흐르는 듯하다. 매사를 서두르지 않는다. 그리고 낙천적이고 순응하는 태도다. 함부로 화를 내면 산소가 부족해 심장의 박동이 빨라지면서 졸도할 위험이 도사리고 있기 때문이다.

사가Saga는 밤에 보아도 큰 도시 같다. 군데군데 전깃불도 보였다. 우리가 묵을 곳은 '사가정부초대소'였다. 말이 초대소지, 시멘트 바닥에 나무침상을 들여놓은 로지lodge였다. 열 평쯤 되는 방 이십여 개가 기억자로 늘어서 있다. 마당은 제법 넓어 주차장 구실을 하고 있다. 대문은 따로 없었으나 사방을 담으로 둘러쳤다. 방에는 침상 네 개와 나무 탁자가 놓여 있었지만, 통행이 불편할 정도로 좁다. 침상에는 솜이불 같은 덮을 것이 두어 채 깔려 있었으나 축축하고 냄새가 고약해 펴고 잘 엄두가 나지 않는다. 저녁식사는 10시쯤 길 건너 식당에서 수제비로 대신했다. 트럭이 그 때까지 도착하지 못해 밥을 지을 수 없었기 때문이다. 랜디와 소남이 고생을 많이 한다. 그들은 낯선 식사와 불편한 잠자리에 익숙하지 못한 우리의 불평에 시달리면서 날밤을 새우기 일쑤였다. 특히 오늘밤은 트럭이 도착하기를 기다려 내일 아침식사를 준비하고, 점심 도시락까지 만들어야 한다. 우리 일행 역시 숙소로 돌아왔지만 서로 말이 없었다. 피곤하기 때문일 것이다. 오늘은 니얄람에서 랍롱 라를 넘어 250km 이상 달려온 것 같다. 입만 대충 헹구고 침낭 속으로 들어갔다. 지쳤는데도 잠이 오지 않는다. 게다가 룸메이트들이 계속 들락거리고 손전등을 켜서 짐 가방을 뒤적거리는 바람에 잠을 청할 수가 없었다. 군부대가 있는지 소등 나팔 소리가 확성기를 통해 들려왔다.

화장실에 가고 싶어서 잠을 깨니 새벽 5시쯤이다. 밖은 깜깜하고 서늘하다. 우리나라 늦가을 날씨 같다. 하늘에는 별들이 무수하게 빛난다. 화장실은 마당 귀퉁이에 따로 떨어져 있다. 땅에서 사람 키만큼 사각형으로 벽돌을 쌓아올린 다음, 그 위에 화장실을 만들어 놓았다. 나무판자 문을 밀고 손전등을 비춰보니 변을 보는 구멍 네 개가 뚫려 있다. 급하면 네 사람이 동시에 사용할 수 있을 것이다. 옛날 우리 시골 동네 뒷간과 비슷한 구조인데, 그래도 우리의 것은 일인용이었다. 다행히 안에 사

사가정부초대소

람은 없었다. 그러나 바닥을 함부로 디딜 수가 없었다. 똥무더기들이 수북했기 때문이다. 정신이 번쩍 들면서 잠이 다 달아났다. 아무리 끙끙대도 변이 잘 나오지 않는다. 밖에서 인기척이 나길래 그대로 일어섰다. 속이 불편했지만 도리가 없었다. 문을 열고 나서니 인도 사람이 손에 물컵을 들고 계단을 오르는 중이었다. 그들은 변을 본 뒤 물로 뒷처리를 하는 모양이다. 마당을 서성이며 그 인도 사람이 나오기를 기다렸다. 서울 지하철 역의 쪼그려 앉는 화장실이 그나마 새삼 그리워졌다.

파양의 무지개

제 4 일 2002년 6월 25일 화요일 맑음
사가-종바-파양

아침 7시 반, 조반을 들었다. 쌀밥에 배춧국이 나왔다. 쌀은 안남미 같이 길쭉하고 끈기가 없어 모래알처럼 흩어진다. 억지로 다 먹었다. 숙소 앞의 커다란 드럼통에 물을 채워넣고, 그것으로 양치를 하고 세수도 한다. 그래서 좀 늦으면 물이 떨어진다. 이 숙소에는 우리 일행 말고 인도인들이 많이 투숙했던 모양이다. 인도인 두엇이 나와 세수를 한다. 그들은 이런 여행에 익숙해진 듯 국자로 물을 떠서 대야에 담아 따로 떨어져 세수를 한다. 수염을 깎겠다는 생각은 아예 접고 양치만 했다. 몸이 찌뿌둥하다. 머리도 약간 아프고 눈에 열기가 느껴졌다. 무엇보다 속이 불편하고 변이 마렵다. 그러나 막상 그 다락 같은 화장실에 들어가면 변이 나오지 않아 야속하다. 8시 30분, 우리는 파양을 향해 떠났다. 날씨는 깨끗해서 구름 한 점 없다.

사가 변두리로 나오니 양 떼가 많이 보였다. 얼마 되지 않아 다시 큰 고개를 오르기 시작했다. 골짜기를 내려다보니 양과 말들이 여기저기

66

화장실, 파양

사가 고개

흩어져 풀을 뜯고 있다. 하늘도 푸르고 땅도 푸르다. 햇빛마저 찬란하니 바로 평화 그것이었다. 고갯마루에는 영락없이 다루초가 기다리고 있다. 작가들은 또 우루루 내려 촬영에 바쁘다. 고개를 내려오니, 아주 잘 닦여진 도로가 끝이 안 보일 정도로 곧게 뻗어 있다. 왼쪽으로는 히말라야의 준봉들이 물결처럼 파도를 치면서 서쪽을 향해 달려가고 있다. 부부는 또 '영웅행진곡' 테이프를 틀었다. 차의 진동이 덜하고 전망이 탁 트여 마음이 시원해졌다. 지프와 트럭이 심심치 않게 보인다.

길 옆 초르텐이 마주 보고 서 있는 곳에서 차는 또 멈췄다. 초르텐은 이번 여행 길에서 처음 만나는 것이다. 황갈색의 넓적넓적한 돌을 진흙으로 쌓아올려 사각형 탑을 만들었다. 꼭대기에는 피뢰침 같은 쇠막대기를 꽂아놓았다. 일부러 모양을 내지 않았는데도 황량한 벌판에 외로이 서 있는 모습이 아주 믿음직스럽다. 멀리 벌판 끝으로 구름과 땅이 맞닿고 그 한 귀퉁이로 터진 하늘이 옥색으로 빛나고 있다. 다른 한쪽의 초르텐은 세 개가 나란히 서 있는데, 꼭대기에는 쇠막대가 박혀 있고, 그 쇠막대에는 오색 천이 잔뜩 감겨져 있다. 초르텐과 다루초의 만남 같다. 어디서 나타났는지 빨간 모자를 쓴 처녀가 보였다. 작가들은 그 처녀를 초르텐 앞에 세우고 정신없이 셔터를 눌러댄다. 내 눈에는 이러한 작가들의 모습이 더 인상 깊다. 실례의 말씀 같지만 꼭 어린 사슴에게 덤벼드는 이리 떼 같았다.

낮 12시에 쫑바현仲巴縣 고개를 넘어 오후 1시쯤 풀밭에서 점심을 들

초르텐, 쫑바 근처

쫑바 근처

었다. 삶은 감자와 삶은 계란이 하나씩, 그리고 망고 한 알과 초코파이 한 개였다. 맛있게 다 먹었다. 감자가 이렇게 맛있는 줄 미처 몰랐다. 길 옆에 천막이 하나 있는데, 나그네를 위한 휴게소였다. 나무막대에 자동 차 번호판을 세 개 나란히 붙여놓고, 그 아래 뿔 달린 야크 머리 두 개를 받쳐놓았다. 이것이 간판인 모양이다. 천막 안은 의외로 넓었다. 내부는 사각형인데 두 변에는 침대 겸 소파로 쓰이는 긴 의자가 놓여 있고, 한 변은 주방인 듯 조리 기구들이 차지하고 있다. 마지막 한 변은 출입구로 쓰인다. 남자는 안 보이고 중년 부인이 딸과 함께 버터 차를 만들어주고 있었다. 버터 차는 찜찔하고 고소하다. 영양이 많고 염분도 풍부해 고원 을 여행하는 길손들의 생명수라고 한다. 따가운 햇빛을 맞으며 여행하 는 사람들의 일사병을 막고 원기를 살려주기 때문이란다. 문 옆에는 야 크 똥을 태우는 난로가 있고, 그 난로 위의 주전자에는 물이 설설 끓고 있었다.

밖은 직사광선이 사정없이 내려쬐여 뜨거운데, 천막 안은 이상할 정 도로 시원하다. 이 곳 기후는 덥다라고 말하기보다는 뜨겁다고 말하는 편이 더 어울린다. 습기가 없고 건조하여 끈적거리지는 않지만 일단 햇 볕에 노출되면 화상을 입을 정도로 뜨겁다. 나는 챙이 넓은 정글 모자에 선글라스를 쓰고 등산용 장갑을 꼈다. 속에는 면으로 된 운동복을 입고 골프용 셔츠를 껴입은 뒤 등산용 방풍복과 방수처리된 바지로 중무장을 했다. 그런데도 전혀 더위를 느끼지 못했다. 두툼한 기능성 양말에 가벼 운 등산화를 신고 스카프까지 둘렀다. 얼굴에는 선 크림을 바르고, 입술

에도 크림을 발라 트지 않도록 조심했다. 스카프는 모양을 내느라고 매나? 아니다. 지프가 흙길을 달리면 앞차에서 먼지가 구름처럼 인다. 먼지는 밀가루보다 더 고운 모양이어서 창을 닫아도 새들어온다. 어떤 지프는 아예 창이 올라가지 않아서 먼지를 몽땅 뒤집어쓸 수밖에 없다. 약국에서 파는 마스크가 있었으면 딱 좋겠지만, 지금 그것이 없다. 아니, 그것이 있더라도 귀까지 보호하려면 스카프로 얼굴을 감싸는 것이 상책이다. 이런 내 모습은 영락없이 멕시코 반군 산디니스타와 같을 것이다. 눈을 보호하기 위해서는 차 안에서도 계속 선글라스를 쓰고 있는 편이 안전하다. 부인들은 아예 보자기를 뒤집어쓰고 고개를 무릎에 묻고 간다. 지프가 울퉁불퉁한 길에 몹시 튀기 때문에 몸이 흔들려 기진맥진한다. 창 밖에는 히말라야의 절경이 꿈 같이 펼쳐지고 있건만, 감히 쳐다볼 엄두가 나지 않는다. 예까지 와서 이런 절경을 놓치다니! 비가 내리면 먼지는 없겠지만 풍경이 숨고, 오늘처럼 깨끗한 날에는 먼지가 일어 목도를 불허하니 히말라야는 좀처럼 신비의 베일을 벗으려 하지 않는 것이다.

오후 2시쯤 쫑바를 지났다. 한때 사가 서쪽의 가장 큰 마을이었다고 전하는데, 지금은 거의 폐허에 가깝다. 1960년대 말 홍위병의 난리로 심하게 파괴되었기 때문이다. 티벳 독립 세력이 강했던 고장이라서 더욱 심한 타격을 받았다는 이야기도 있다. 이 곳은 히말라야를 넘어가는 양호한 고갯길이 나 있어 예로부터 교통의 요충지가 되었다. 이 선생의 말에 따르면 여기서 히말라야를 넘으면 인도 북부, 힌두의 성지聖地 강

고트리에 닿고, 강고트리에서 갠지스 강을 따라 내려가면 리쉬케쉬가 나오고, 그 곳에서 더 내려가면 속세의 큰 도시 바라나시에 이른다. 길가에는 그래도 호텔 간판이 붙은 깨끗한 집이 몇 채 보인다. 마을을 다 빠져나가면 서쪽 끝 고개에 절이 있었다. 처음 만나는 티벳 절이다. 일주문이나 산문도 없고 그냥 여염집 같다. 초르텐이 서 있어서 여기가 절이라는 것을 알려주고 있을 뿐이다. 열려 있는 대문을 들어서니 조그마한 마당이 있고 정면에 법당, 오른쪽에 스님들이 거처하는 요사채 같은 건물이 붙어 있다. 아무도 없었다. 법당은 잠겨 있고, 개 한 마리가 마당을 어슬렁거린다. 그냥 돌아서려는데, 칠팔 세 되어 보이는 애기 스님 두 분이 나타나 생글생글 웃는다. 누군가 교섭에 성공했는지 법당 문을 열어주었다. 그러나 나는 웬일인지 내키지 않아 그냥 밖으로 나왔다.

마당 한쪽 헛간 같은 곳에 야크 똥이 산더미처럼 쌓여 있다. 겨울 땔감으로 부지런히 주워모은 것 같다. 잘 마른 야크 똥은 오래 탈 뿐 아니라 화력도 강력하다. 냄새가 좀 나지만 연기나 그을음이 적고 석탄 같은 화석 연료와는 달리 공해가 전무하다고 한다. 그래서 한겨울 혹한 때는 천막이나 실내에서 이것을 난로에 태워 난방과 취사를 겸한다. 나무가 없어 땔감을 구할 수 없는 이 곳에서 야크 똥은 그야말로 생명을 지켜주는 불이 되는 것이다. 이런 생명의 불을 만들어주는 야크란 어떤 짐승인가. 모양이 짐승이지, 이 곳 사람들은 야크를 소중하다 못해 신성시한다. 야크는 우선 힘이 장사라서 무거운 짐을 사람 대신 날라준다. 자동차나 크레인이 없었던 옛날에 커다란 절과 집을 지을 수 있었던 것은 오로지 야크의 공이다. 지금도 차나 헬리콥터가 접근하지 못하는 산비탈에서는 야크의 신세를 져야 한다. 야크는 이처럼 힘든 노동으로 인간을 도울 뿐 아니라 살아서는 젖을 나누어주고, 죽어서는 고기와 가죽을 남겨 사람들을 먹여주고 입혀준다. 뼈와 뿔로는 각종 연장과 장식품을 만든다. 심줄마저도 튼튼한 실로 쓰인다니, 야크는 이 곳 주민들에게는 태양과 함께 생명의 원천이랄 수 있는 것이다. 이런 야크는 우리나라의 황소와 똑같은 모습이다. 다만 털이 훨씬 더 길고 더부룩하며 뿔이 반달처럼 휘어져 있다. 야크는 히말라야의 영물靈物인지, 고도 3,000m 이하에서는 살 수가 없다고 한다. 그래서 이 세상천지 어느 동물원에서도 야크를 가둬놓고 사육할 수가 없다. 그런 곳에 혹시 야크처럼 보이는 동물이 있다면, 그것은 야크와 소의 잡종일 것이다. 야크는 약육강식과 권모술수가 판을 치는 예토濊土에 내려가기를 죽음으로써 거부하는 것이다.

이 곳 원주민들은 자연이 허락하는 범위 안에서 자연의 혜택과 보호를 받으며 살아왔다. 햇빛에 저절로 자라는 풀을 먹여 가축을 기르고, 그 가축을 통하여 먹을 것, 입을 것, 마실 것, 땔 것을 다 조달했다. 일체 개발이라는 것은 없었다. 하다못해 농사도 지을 수 없었다. 이 곳의 기후 조건이 허락하지 아니했기 때문이다. 그래서 살아남으려면 모든 것을 자연의 순환에 맡기지 않으면 안 되었다. 태양이 풀을 키우고, 풀은 태양 에너지를 광합성光合成하고, 가축이 그것을 뜯어먹어 단백질을 만들고, 사람은 가축을 잡아먹으며 가축에 의존해 살다가 죽어서 결국 그 땅의 거름이 되었다. 무시無始 이래 이런 선순환善循環이 계속되면서 풀

밭의 크기가 이 곳 주민의 숫자를 조절해 왔던 것이다. 넘치지도 않고 모자라지도 않았다. 그들은 이른바 문명이라는 것에 대해 초연했고, 자연 법칙의 정확함을 믿고 신의 은총을 간구했다. 그것으로 행복했다. 쓰레기도 없었고, 공해 물질도 없었으며, 질병도 없었다. 자연에 순응하고 적응하려 했지, 그것을 가공하거나 파괴하지 않았다. 그런데 이제 말과 양이 다니던 길이 넓어지고 자동차가 들락이면서 매연을 내뿜어 청정한 공기를 더럽히고 있다. 낮은 데 사는 사람들이 올라와 과학과 기술을 동원해 '개발'을 시작하고 있다. 그들과 함께 묻어온 문화는 더욱 충격적이어서, 젊은이들은 아랫녘 세상을 동경하기 시작한 듯 눈빛이 달라지고 있다.

깜박 졸다가 차가 서는 바람에 눈을 떴다. 길 옆 초원에서 어느 일가족이 양 떼를 묶어놓고 젖을 짜고 있었다. 30~50마리쯤 되는 양들을 2열 종대로 세워놓고 머리를 서로 묶어 도망 가지 못하게 만든 다음, 주부 두엇이 젖을 짜느라고 분주하다. 양 떼 사이로 개구쟁이 꼬마 서넛이 숨바꼭질하듯 내닫고 있었다. 아름다운 풍경 속에 평화가 있었다. 파란 하늘과 연초록 풀밭 사이로 흰 양털과 부인들의 검붉은 옷차림이 선명하게 돋보인다. 우리 작가 선생님들의 카메라가 왈칵 달려든 것은 말할 것도 없다. 주부들의 얼굴은 비록 탔으나 눈매는 착하고 깨끗했다. 카메라 세례를 받자 부끄러운 듯 고개를 양들 사이에 파묻어버린다.

오후 4시쯤, 히말라야 연봉이 장관을 이루는 탁 트인 언덕에서 잠시

쉬었다. 이 곳 쫑바와 파양 사이는 점점 건조해져 사막화되고 있다고 이 선생이 알려주었다. 그래서인지 모래 수렁이 한참 이어지고, 패인 곳도 많아 길이 험하다. 차가 몹시 튀었지만 이제 적응이 된 탓인지 머리도 맑아지고 차멀미도 가라앉았다. 나른하고 눈이 좀 아플 뿐이다. 그러나 앞에 펼쳐진 경치가 너무나 시원해 마음이 후련해졌다. 정말 오기를 잘 했구나. 이런 풍경을 어디 가서 만날 수 있겠는가! 눈앞에 맨 땅, 모래 언덕, 호수, 그 넘어 히말라야의 설산, 그리고 구름과 하늘이 이 세상의 모습이 아닌 듯 환상적이다. 모래가 하도 고운 것 같아 길을 내려가 만져보았다. 분가루 같다. 따끈하니 물기가 전혀 없어 미풍에도 이리저리 날아다닌다. 뱀이 지나간 자국 같은 바람의 흔적이 사구에 질서정연하게 남아 있다. 근처에는 아직 마르지 않은 야크 똥도 보였다. 내려갈 때는 잘 몰랐는데, 차 있는 곳으로 올라가려니 숨이 가쁘다. 고원에서 뛰는 것은 금물이다. 마음도 몸도 겸손해야 견딜 수 있다는 것을 요 며칠 사이에 깨닫게 되었다. 성급하게 서두르면 아무것도 할 수 없다. 그저 쓰러질 뿐이라는 점을 철저히 인식했다.

알고 보니 이번의 휴식은 풍경 감상을 위한 한가로운 것이 아니었다. 주부 한 분이 탈진 상태에 빠져 랜디가 쫑바로 후송 중이라서, 우리는 지금 그가 응급처치를 잘 하고 돌아오기를 기다리는 중이라고 한다. 쫑바 근처에는 의사도 있다니까 너무 걱정하지 말라고 홍순태 교수가 말했다. 여행사 신동석 부장이 장무에서 돌아간 뒤로, 홍 교수가 우리의 리더가 되었다.

파양Paryang에 도착한 것은 저녁 6시쯤이다. 야크 호텔Yak Hotel이라는 간판이 붙어 있지만 실은 흙집이다. 20여 개의 방이 '기역' 자로 붙어 있고, 제법 높은 담으로 막아 무슨 요새 같다. 마당은 아주 넓어서 우리 지프와 트럭이 다 들어서고도 여유가 있었다. 우리를 맞이한 주인장은 젊은 부인이다. 이목구비가 뚜렷하고 머리도 잘 손질한 미인이었다. 방은 흙바닥에 나무침상이다. 가운데에는 탁자와 난로가 하나 있다. 한여름인데도 난로를 치우지 않은 걸 보면, 이 난로는 영구 시설인 모양이다. 마당 귀퉁이를 돌아가니 살림채인 듯 가정집이 있고 그 뜰에 우물이 있었다. 우리의 우물이랑 구조는 똑같다. 두레박이 두 개 걸려 있는데, 하나는 터져서 사용 불능이고 나머지 하나도 터져서 물이 절반은 샌다. 우물은 상당히 깊다. 10m는 족히 될 듯 저 아래에서 물이 빛을 받아 반짝반짝한다. 그러나 물은 바닥에 겨우 깔려 있는 듯 두레박이 엎어지지 않는다. 간신히 물을 퍼서 세수를 했다. 물이 얼음장 같이 차다. 두레박 밧줄이 비벼져 떨어진 것인지, 물에는 잡티가 너무 많아 마실 수는 없었다. 귀찮지만 등산화를 벗고 발도 대충 씻었다. 이것만으로도 아주 시원해졌다. 며칠 만에 발을 닦는가. 불과 이틀 지났건만, 한 열흘은 지난 것 같은 느낌이다.

저녁 7시경 갑자기 소나기가 한줄금 지나가면서 동편 하늘에 무지개가 떴다. 황급히 신발을 끌고 나가 보니 북쪽 끝에서 남쪽으로 알록달록한 아치가 석양 위에 떠 있다. 급히 방으로 되돌아와 카메라를 들고 나가자, 그 사이 무지개는 벌써 사라지고 있는 것이 아닌가. 크게 실망하

파양 야크 호텔

고 자리에 돌아와 비에 젖은 얼굴을 훔치고 있는데, 또다시 무지개가 뜨는 것이 보였다. 이번에는 쌍무지개였다. 평생 이렇게 크고 선명한 무지개는 본 일이 없었다. 올림픽 주경기장의 육상 트랙 같은 커다란 궤도가 영롱한 색깔로 켜켜이 쌓여 정확히 반원을 그리고 있다. 허공에 뜨지 않고 양쪽 끝이 북쪽과 남쪽에 박혀 있는 것이다. 비를 맞고 서 있는데 무지개가 뜬 하늘은 햇빛이 흰하다. 그 뒤 허공에 보이는 또 하나의 무지개는 좀 흐릿하다. 카메라 파인더로 들여다보니 도저히 전체의 모습을 담을 수 없다. 할 수 없이 한쪽씩 잡아 정신없이 셔터를 눌렀다. 내가 이런 소동을 벌이고 있는데도 작가들은 조용하다. 이철수 선생만이 나와 몇 컷 담았을 뿐이다. 칼 붓세가 아니더라도 가슴이 뛰었다. 무지개 하나는 곧 사라졌지만 나머지 하나는 20여 분이나 떠 있었다. 이 아름다운 고장에 와서 무지개까지 만나다니, 나는 황홀해졌다. 감히 주제넘은 생각이지만 카일라스가 친견을 허락한다는 전조를 보여주는 것 같아서 마음이 붕떴다.

오늘밤 룸메이트는 심대섭 회장, 육명심 교수, 이철수 선생, 안승웅 사장, 그리고 나, 이렇게 다섯이었다. 심 회장이 웬 낯선 사람으로부터 침을 맞고 있었다. 그 사람은 심 회장의 머리와 어깨를 주무르더니, 정수리 주위에 작은 침을 여러 번 꽂았다. 검은 피가 나오는 모양이어서 휴지로 연신 찍어내었다. 이번에는 팔뚝을 주무르며 한참 마사지를 하더니 열 손가락 끝에 침을 놓아 나쁜 피를 뽑아냈다. 심 회장은 "어이 시원하다. 머리 아픈 것이 싹 지나갔다" 한다. 이 사람은 서울에서 온 다른 여행사의 간부인데, 참배객을 이끌고 카일라스 순례를 마친 뒤 돌아가는 중이었다. 내가 무지개에 정신이 팔려 있는 동안 심 회장이 이들을 발견하고 인사를 나누다가, 그가 수지침 전문가라는 사실을 알고 모셔온 것이다. 이 분의 일행은 모두 50~60대의 할머니들이라서 만일의 경우, 응급조치를 위해 여행사가 수지침 전문가를 인솔자로 딸려보냈던 것이다. 나를 마지막으로 우리 방 사람들 모두가 시술을 받았다. 특히 육명심 교수는 효과가 아주 뚜렷했던 모양이다. 그 수지침 전문가는 작은 침을 하나씩 나누어주면서 여행 중 졸도하거나 마비될 때 몸 아무 데나 찔러 피를 통하게 하라고 가르쳐주기도 했다. 이 가르침은 뒤에 아주 요긴하게 써먹었다. 우리가 이 황량한 이역異域에서 동포를 만난 것도 반가운 일인데, 수지침 전문가까지 만나 도움을 얻은 것은 그냥 우연으로 치부하기에는 너무나 고마운 일이었다.

모두들 자리에 누웠지만 잠이 든 사람은 없었다. 촛불이 탁자 위에서 일렁이고 있었다. 안 사장은 손전등을 비추면서 카메라를 손질하고 있었다. 육명심 교수가 침상에 걸터앉더니 자기가 걸어온 인생 역정을 털어놓기 시작했다. 사범학교를 졸업하고 대학에서 영문학을 공부한 뒤, 고등학교에서 가르치다가 대학원에서 사진학을 전공한 덕에 교수가 되어 평생 사진과 함께 살아가게 되었다는 것이다. 몇 해 전, 정년 퇴임했지만 강의와 저술로 여전히 후학들을 지도하고 있다. 카일라스는 세번째, 티벳은 다섯번째라고 말했다. 파키스탄과 중국 국경인 총령 근처에서 창탕고원을 가로질러 카일라스에 이르는 루트를 밟아보는 것이 다음 목표라고 한다. 나는 속으로 찔끔했다. 이 루트는 너무나 길고 험해 젊은이들도 도전하기를 꺼리는 길이다. 일흔 노인도 이런 기백이 넘치는데, 나는 무엇인가. 아직도 생활에 매여 직장에서 잘릴까 봐 밤잠을 설치는 처지라서 스스로 한심한 생각이 들었다. 이철수 선생은 나이 사십에 잘 나가던 직장을 정리하고 평소에 하고 싶었던 사진을 배우기 위해 육명심 교수의 제자가 되었다. 사십 초반에 다시 학생이 되어 20대 젊은이들과 똑같이 경쟁을 했다. 대학을 졸업하고 고향인 전주에 내려가 사라져가는 우리 삶의 모습과 풍경을 기록하고 있는 중이다. 육 교수가 창탕 루트를 여행하게 되면 또 모시고 따라갈 작정이다.

심 회장도 사업으로 고생하다 성공한 이야기를 들려주었다. 한국전쟁 당시 사경을 헤매던 군대 생활부터 부도가 나서 괴롭던 이야기 등 파란만장했다. 이 분은 목사나 스님도 아닌데 성직자 같은 말을 했다. 한 우물을 파면서 정직하게 살아야 돈도 벌 수 있다는 것이다. 그러면서 나에게 아무개 사장을 아느냐고 물었다. 아는 정도가 아니라 10여 년 한 사무실에서 모셨다고 했더니, 이 사람 저 사람 내가 근무하는 회사 임원들의 이름을 줄줄이 댄다. 육명심 교수도 아무개 씨를 아느냐고 묻는다. 물론이다. 신문사 시절 함께 취재도 여러 번 나간 유명한 사진작가다. 육명심 교수가 결국 나에게도 무엇을 하던 사람이냐고 물었다. 할 수 없이 나도 털어놓았다. 나의 이야기가 끝나자 안 사장이 국회의원 누구를 아느냐고 묻는다. 그는 나의 동료 기자로서 5·18 광주 민주화항쟁 당시 기자협회 간부를 맡고 있었는데, 군 당국이 그를 잡으려고 전국을 뒤지고 있었다. 도피 중인 그 사람을 잡으려고 수사기관 사람들이 수시로 찾아와 나를 괴롭히던 생각이 떠올랐다. 세상이 바뀌어 그는 국회의원이 되었다. 이제는 그를 잡으러 다니던 수사기관의 우두머리를 불러다 호통을 치는 세도가가 된 것이다. 안 사장은 그 사람과는 고등학교 동창인데, 자기는 서울로 진학하지 않고 부산 해양대학을 졸업한 뒤, 커다란 배의 선장 노릇을 하다가 지금은 해양 장비 무역업을 한다는 것이다. 오늘밤 나는 우리 동포들끼리 만나면 우쭐대지 말아야 한다는 점을 새삼스럽게 또 확인했다. 한 다리 건너면 모두가 친척이고 친지가 되기 때문이다. 자정이 지난 듯하다. 화장실에 가기 위해 손전등을 들고 나오니 하늘에 별이 가득하다. 바람만 불어도 우두둑 떨어질 듯 촘촘하게 명멸하고 있었다. 별들도 우리처럼 잠을 물리치고 인생을 논하던 중이었을까. 화장실에는 당연히 나 혼자뿐이다. 나는 안심이 되었고 이삼 일 막혔던 변도 시원하게 나왔다. 몸이 후련해져 쉽게 잠에 떨어졌다.

자연에 맡긴 삶

제 5 일   2 0 0 2 년   6 월   2 6 일   수 요 일   쾌 청
파양–호추–다르첸

일어나자마자 우물가에 먼저 갔다. 아침의 하늘은 낮보다 훨씬 색깔이 진하다. 글자 그대로 새파란데, 귀기가 서린 듯하다. 동이 트는지 히말라야의 설산이 오렌지색으로 빛나고 있다. 우리나라 할머니들이 세수를 하면서 "안녕하세요?" 한다. 이런 곳에서 다정한 우리말을 듣다니! 카일라스 코라를 마치고 서울로 돌아가는 길이라고 한다. 회색 승복 바지를 입은 '보살님' 들이다. 어제 저녁 우리에게 침을 놓아준 그분의 일행이다. 길은 평탄하더냐, 날씨는 좋았느냐, 혹시 춥지는 않더냐, 아픈 사람은 없었느냐, 떠나온 지 며칠이나 되었느냐…. 서로가 이런 의례적인 것만 묻다가, '그래, 수미산 코라의 효과가 어떻더냐' 고 묻고 싶은 것을 억지로 참았다. 의기양양한 할머니들의 표정이 대신 대답해 주는 것 같았기 때문이다.

8시에 랜디가 끓여준 미역국으로 조반을 들고 9시쯤 파양을 떠났다. 간밤에 내린 비로 땅이 젖어 먼지도 일지 않는다. 눈이 좀 아프고 기운

92

초르텐, 파양 근처

이 떨어진 듯하지만 몸과 마음은 상쾌했다. 마을을 벗어나자 부부가 차를 쏜살같이 몬다. 이 선생은 간밤에 잠을 설친 듯 등받이에 기대 잠을 청하고 있다. 부부가 한 30분을 달리더니 차를 세운다. 엔진을 체크하고 타이어를 툭툭 차보더니 길가로 물러나 앉아 담배를 피운다. 아마 뒷차를 기다리는 모양이다. 나도 차에서 내려 히말라야의 거대한 산 줄기를 감상하느라 넋을 잃고 있는데, 랜디가 간밤에 있었던 일을 들려준다. 우리는 한가하게 객담을 늘어놓으면서 인생 타령을 하고 있었지만, 랜디는 날밤을 새운 것 같았다. 우리 일행 중 주부 한 분은 파양까지 따라왔다가 고산증이 악화되어 밤중에 쫑바로 후송하고, 쫑바에서 요양하던 두 분과 함께 아예 라사로 내려보냈다는 것이다. 그래서 우리 캐러밴은 지프 여섯 대에서 다섯으로 줄었다. 부인들은 아무것도 먹지 못하고 토하며 탈진 상태에 이른 것으로 보인다. 아침에 우물에서 만난 보살 할머니들의 건강한 모습이 새삼 돋보였다. 랜디는 또 인도인 50대 참배객 하나가 간밤에 숨졌다고 지나가는 말처럼 흘렸다. 나는 깜짝 놀라 정신이 번쩍 들었다. 간밤에 무지개가 그처럼 아름답고, 별들이 그토록 밝았으며, 오늘 아침 하늘은 이렇게 맑고 푸른데, 사람들이 쓰러지고 죽는 끔찍한 일들이 코앞에서 벌어졌던 것이다.

이 곳에서 지프로 이동하는 사람들은 인도인과 한국 사람이 대부분이다. 인도 사람들은 가족 단위로 움직이는 듯 노인과 중년층 사람들이 섞여 있다. 보통 한 팀이 지프 다섯에서 열 대 꼴이다. 나는 스웨터에 방풍복으로 중무장을 했는데, 그들은 평소의 복장 그대로인 듯하다. 여자는 허리가 드러나는 사리 차림이고, 남자들도 인도 전통 복장으로 많이 알

려진 하이네크 회색 저고리에 회색 바지 차림이다. 낮에는 견딜 만하겠지만 밤에는 무척 추울 것이다. 인도인으로 예까지 오려면 사회적으로 상당한 지위에 있거나 돈이 많은 부자일 것이다. 그런데도 맨발에 슬리퍼 차림이 많다. 내가 모르는 체온 유지 대책이 따로 있었는지 모르지만 복장은 허술하기 짝이 없었다. 아무리 하지夏至 전후의 한여름이라지만, 여기는 해발 4,500m 안팎의 고산 지대라서 숨쉬기가 답답하고, 낮과 밤의 일교차가 심하며 수시로 지나가는 비까지 뿌려 선듯선듯했던 것이다. 게다가 불편한 잠자리와 부실한 음식은 고산증을 이겨내기 힘들게 한다. 이 곳 원주민들의 복장도 자세히 보면 낮에도 모직옷을 껴입고 다니는 사람이 많다. 반팔에 알종아리로 뛰는 것은 어린이들뿐이었다.

낮 1시쯤, 천막 카페가 있는 곳에서 유목민 한 부락을 만났다. 그들은 이제 막 다른 곳으로 떠나려는지 천막을 걷고 짐을 싸는 등 매우 분주해 보였다. 천막 카페 앞으로는 작은 시내가 풀밭을 가로질러 흐르고 있다. 유목민 부락 근처에는 수백 마리의 양과 말, 야크 떼가 흩어져 있다. 당나귀에 짐을 싣고 아이들을 그 위에 태운다. 개들도 이리 저리 뛰며 덩달아 분주하다. 천막은 말아서 나귀 등에 걸고, 천막 지지대와 취사 도구는 또 다른 당나귀에 실었다. 그들은 누가 보거나 말거나, 자기들 할 일만 하며 매우 분주하다. 여러 가지 다른 전통 복장을 한 원주민들과 가축들이 어우러진 이런 모습은, 작가들이 기다리고 기다리던 그림이었다. 우르르 달려들어 사진을 찍으려 하자 그들은 고개를 돌리거나 손사래를 치면서 거부했다. 당연한 일이다. 입장을 바꾸어 낯선 사람들이 허락도 없이 함부로 우리의 모습을 찍는다면 기분이 좋겠는가. 낮은 데 사는 문명인(?)들 세계에는 초상권이라는 제도가 있어 허락 없이 사람의 얼굴을 촬영할 수도 없고, 사진을 공개할 수도 없다. 여기서도 마찬가지다. 사진을 찍으려면 허락을 받는 것이 예의이고, 정당한 사례를 하는 것이 좋다. 어떤 가족은 노골적으로 "마니, 마니" 하면서 돈을 요구하기도 했다. 보통 중국돈 30위안이나 50위안쯤 주는 것 같았다.

이런 와중에 제법 성장을 한 처녀와 부인이 나타났다. 작가들은 다투어 카메라를 들이댔다. 멀리서 남자들 몇이 이런 광경을 지켜보면서 감시하는 듯하다. 박순효 회장이 먼저 폴로라이드로 사진을 찍어 처녀에게 주었다. 사진을 받은 처녀는 무척 놀라면서 매우 기뻐한다. 이 즉석 사진의 효과는 아주 강력해서 그후 한 번도 실패를 한 적이 없었다. 아무리 수줍은 처녀나 완고한 부인도 박 회장의 폴로라이드 앞에서는 무력해졌다. 곁에 있던 부인도 자기를 가리키면서 박 회장에게 한 컷 부탁을 한다. 따라서 나머지 작가들은 마음 놓고 좋은 표정을 담을 수 있었다. 물론 그 처녀와 부인은 여러 가지 선물로 풍성한 보상을 받았다. 박 회장은 캠코더를 많이 썼다. 장비가 꽤 무거워 보이는 데도 여행 처음부터 끝까지 부지런히 찍었다. 이 분은 매우 과묵해서 속셈을 알 수 없었는데, 촬영 중에 어린이들을 만나면 사탕을 꺼내서 한줌씩 나누어주기도 했다. 여기서는 볼 수 없는 물건이니 서울에서 준비해 온 것이 틀림없다. 이를 보면 꽤 자상한 면도 있는 것 같다. 숙소에서나 식사 때 불평하는 것을 보지 못했다.

유목민 부락은 우리가 도착한 지 30분도 안 되어 흔적도 없이 사라졌다. 구태여 흔적을 찾는다면 화덕 자리의 불에 그을린 돌들과 야크 똥의 재가 전부다. 휴지 조각, 천 조각 하나 보이지 않았다. 그런데 우리가 떠난 자리는 어떠한가. 비닐 봉지와 사탕 봉지, 부러진 나무젓가락, 음식물 찌꺼기가 어지러이 널려 있다. 용변도 함부로 아무 데서나 본다. 유목민들의 자취는 바로 자연으로 돌아가 순환되지만, 우리가 남긴 비닐 쓰레기는 썩지 않고 쌓여 자연을 파괴할 것이다. 사가에서나 쫑바, 파양 곳곳에 비닐 조각들이 수없이 날아다니고 있었지만 누구 하나 줍는 사람이 없는 것 같다.

오후 3시쯤 우리는 또 큰 재에 올랐다. 기사들이 전부 한 곳에 모이더니 지전 같은 종이 조각을 하늘에 뿌리고, 다루초를 꺼내 기둥에 달았다. 새 다루초는 색이 바랜 헌 것과 섞이면서 선명하게 나부낀다. 4시 반경 고장난 트럭을 만났다. 부부는 차를 세우더니 고장난 트럭의 하판으로 기어들어가 이것 저것 만져보다가 자기 연장을 꺼내들고 본격적으로 수리 작업에 끼여들었다. 다른 차들은 차례대로 우리 차를 앞질러갔다. 거의 한 시간이 지나서야 부부는 일을 끝냈다. 부부는 아무 일도 없었던 듯 시동을 걸고 다시 출발했다. 흙과 기름과 땀으로 범벅이 된 트럭 기사가 손을 흔든다. 운전실에 앉아 있던 애띤 얼굴의 아가씨도 손을 흔들어주었다. 참으로 뭉클한 풍경이었다. 도와달라고 하지 않아도 스스로 도와주고 대가를 바라기는커녕 생색도 내지 않는다. 이런 정신 때문에 이 가혹한 조건에서도 이들이 지금까지 살아남았던 것이 아닐까.

이것이 바로 《금강경金剛經》이 가르치는 무상보시無相布施일 것이다.

오후 6시 15분, 드디어 카일라스와 마나사로바가 보이는 언덕에 도착했다. 이 언덕은 카일라스 참배를 위해 험하고 먼길을 지나온 순례자들이 처음으로 성스런 산의 모습을 볼 수 있는 곳이다. 그래서인지 높이 솟은 고개도 아닌데, 커다란 다루초가 바람에 나부끼고 있었다. 다루초 안과 밖에는 수많은 작은 돌탑들이 어깨를 비비대며 늘어서 있다. 카일라스 코라를 평생의 목표로 삼고 살아온 순례자들이 이 곳에 도착해서 얼마나 감격했을지는 상상하기 어렵지 않다. 다행히 날씨가 맑아 저 멀리 아득하게 눈에 덮인 카일라스가 작지만 또렷하게 보였다. 이어지는 검은 능선 위에 뾰족한 흰 봉우리가 하나 툭 튀어나와 있는데, 그것이 카일라스이고, 왼쪽으로 보이는 푸른 띠가 마나사로바 호수라고 한다. 모래 벌판 너머로 수평선만 푸르게 보인다. 나는 이 산과 호수에 예를 드리고, 소남에게 기념 촬영을 부탁했다.

저녁 7시 반쯤에는 호추Horchu 검문소를 통과했다. 이 검문소는 마나사로바 호수 근처에 있다. 기사들이 소남을 따라 검문소로 들어갔다. 부부가 내리면서 우리에게 사진 찍는 시늉을 한 뒤 손을 좌우로 흔든다. 사진 촬영금지라는 뜻이다. 꽤 큰 부대인 듯 내무반으로 보이는 건물이 제법 크다. 흙벽돌로 쌓은 담벼락에 '변경 수비에 충성을 다하자'라는 취지의 구호를 붉은 글씨로 큼직하게 써놓았다. 기사들은 금세 밝은 표정으로 초소를 나왔다. 녹색 정복 차림의 초병이 교통순경처럼 절도 있

카일라스, 호추 근처

는 자세로 통과신호를 보낸 뒤 차단기를 열어주었다. 우리는 카일라스 접근을 위한 마지막 인공 장애물을 빠져나간 것이다. 길은 평탄하게 직선으로 뻗어 있었다. 그래도 가끔 지프가 튀어서 몸을 흔들어놓는다. 밤 8시 15분, 마침내 카일라스 입구 다르첸Tarchen에 도착했다. 비가 내리고 있었고, 금방 깜깜해졌다.

다르첸은 해발 4,520m의 카일라스 순례자의 마을이다. 밤이라서 모습은 알 수 없었다. 최 박사가 편성해 준 대로 내 방을 찾아갔다. 최병철, 박용이 선생, 김의진 씨와 한 방 식구가 되었다. 흙바닥에 나무침상과 축축한 이불이 파양의 야크 호텔과 다를 바 없었다. 춥고 피곤해서 나는 침상에 누웠다. 최 박사가 부지런히 돌아다니면서 공통경비도 걷고 집행부 소식을 전한다. 최영 박사는 일행 중 나이가 가장 어리다는 죄로 총무로 뽑혔다. 12시가 다 되어서 랜디가 수제비를 끓여 방마다 배달했다. 우리 방 식구들은 촛불 앞에 모여 뜨거운 국물을 들었다. "내일은 자유시간이라는 대요." 김의진 씨가 말했다. "아까 홍순태 교수님이 계신 방에 들렀더니 일행 중 몸 컨디션이 좋지 않은 사람들이 많아서 코라는 돌지 않기로 했답니다." 아하! 예까지 힘들게 와서 코라를 돌지 않는다니…. 나는 발밑이 무너져내리는 느낌이었다.

식사가 끝날 무렵, 최 총무가 다시 와서 내일 일정을 공식 통보했다. 내일은 자유시간으로 각자 푹 쉬고 모레는 코라 코스 입구, 카일라스가 잘 보이는 곳까지 가서 촬영을 한다는 것이다. 원래 이 여행 일정은 다르첸에서 사흘을 묵는 동안 코라에 참가할 팀과 구게 왕국 유허지를 방문해 촬영할 팀으로 나누어지게 되어 있었다. 그런데 이 두 일정이 모두 취소된 것이다. 여행사 직원이 있었다면 단단히 항의라도 했겠지만 집행부에 맞서 따지기는 난처한 상황이었다. 노인 어른들이 이렇게 의견을 모았다면 나 혼자 고집을 세울 입장도 아니었고, 다른 사람들 역시 잘 결정했다는 표정이 역력했기 때문이다. 나는 적잖이 실망했지만 혼자서라도 코라에 나서겠다고 우길 배짱도 없었다. 당초 이 분들은 카일라스 코라가 목적이 아니라 카일라스 지방 촬영이 주된 목적이었던 것이다. 카일라스 코라는 해도 좋고 안 해도 좋은 것이었다. 침상에 누워 나는 깊은 실망에 잠을 들지 못했다. 카일라스 코라를 위해 목숨을 걸고 이 곳을 찾아온 사람이 있는가 하면, 이렇게 오기 힘든 곳에 와서 코라를 외면하는 사람들이 있다니 신기하다는 생각도 들었다. 종교와 신념의 차이는 이렇게 엄청난 것이다.

갑자기 머리가 따끔따끔해졌다. 머릿속이 아픈 것, 즉 두통이 아니라 머리 표피가 뜨끔뜨끔하다. 이 통증은 순간적으로 불로 지지는 듯하면서 간헐적으로 찾아온다. 대개 몸이 피곤하거나 감기가 찾아올 때 나타나는 것 같았다. 마흔 살이 넘어 이 증상이 나타나기 시작했는데, 머리 표면을 이리저리 옮겨다니다가 옆구리까지 내려가 돌아다니기도 한다. 이 통증은 고통스럽다기보다는 사람을 불쾌하고 짜증나게 만든다. 나는 이 통증에 주의를 집중하다가 그대로 잠이 들었다. 꿈을 꾼 것 같은데, 하나도 기억이 나지 않았다.

천국으로 오르는 계단, 카일라스

7시쯤 잠이 깨 손전등을 들고 화장실을 찾아나섰다. 우리가 묵은 이 건물은 한 일자 모양의 길다란 흙집인데, 4~5인용 방 스무 개가 죽 이어져 있었다. 건물 내부에는 어디에도 화장실이 없었다. 이 지방에서 이것은 당연한 것인데도, 내가 그만 깜박했다. 이것이 훨씬 더 위생적이고 건강에도 좋을 것이다. 우리의 옛집 역시 화장실은 뒷간이라 하여 마당 한 귀퉁이에 따로 떨어져 있었던 것이다. 화장실이 건물 내부에 들어오기 시작한 것은 아마 아파트가 보급된 이후의 일일 것이다. 건물 입구에 사탕류 등 잡동사니를 파는 조그만 가게가 있는데, 이것이 이 여관의 안내 데스크 같았다. 주전자에 물이 끓고 있는 난롯가에서 젊은 부인이 우는 애기를 달래고 있었다. "토일렛" 하면서 휴지를 흔들어보이니 밖으로 나와 담장 너머를 가리킨다. 지난 밤 도착할 때는 어두워서 몰랐지만, 마당은 상당히 넓은데 역시 높은 흙담으로 둘러싸여 있고 출입구만 열려 있었다.

다르첸 숙소

날씨는 맑았다. 간밤에 내린 빗물이 웅덩이에 고여 있다. 동이 트려는지 별들이 성깃성깃하고 동편 하늘이 붉게 물들기 시작한다. 바람도 잔잔하고 마을도 조용하다. 추위를 느낄 정도로 서늘하다. 인도인들이 손에 물잔을 들고 앞서가는 모습이 보였다. 화장실에 가는 것이 분명하므로 그냥 뒤따라갔다. 화장실은 흙집이 아니라 시멘트 건물이다. 천장도 높고 공간도 넓었다. 무엇보다 아주 깨끗했다. 비록 문짝도 없고 칸막이도 허리 높이에 불과했지만 카투만두 이후 가장 위생적인 화장실을 만난 것이다. 그러나 지독한 암모니아 냄새는 피할 수 없었다. 쪼그려 앉는 방식이다. 바닥은 타일을 깔고 깨끗하게 청소까지 되어 있어서 아주 편안했다. 어둠이 걷히고 날이 밝아 손전등이 필요없어졌다. 밝은 데서 보니 우리가 묵는 숙소의 담장 밑에는 인분 더미가 즐비하고 오줌을 아무 데서나 갈긴 흔적이 역력하다.

물소리가 들리기에 그쪽을 찾아갔다. 제법 큰 시내가 있었다. 시냇물 아래에는 굵직굵직한 돌들이 물때가 묻어 반들반들하다. 물은 얼음장처럼 차다. 그리고 무척 맑았다. 시냇가에는 검은 비닐 봉지와 걸레 조각, 나일론 끈 등 쓰레기가 어지러이 널려 있다. 그래도 맑은 물은 쓰레기를 아랑곳하지 않고 기세 좋게 흘러가고 있었다. 모처럼 만에 풍부한 물을 만나 시원하게 세수를 하니 기분이 상쾌해졌다. 방에 돌아와 결가부좌를 한 채 눈을 감았다. 퀴퀴한 냄새가 났지만 엉성한 창틀을 통해 들어오는 신선한 공기도 느껴졌다. 이윽고 기쁨이 찾아오고 편안해졌다. 카일라스 코라에 대한 미련이 자꾸 떠올랐지만, 그냥 흘러가게 내버려두

스와스티카 평원, 다르첸

었다. 머리 표면의 통증은 여전했다. 그러나 이것이 명상을 방해할 정도
는 아니었다.

다르첸이 얼마나 큰 규모인지는 잘 모르겠지만 사가Saga 이후 가장
큰 마을 같다. 시내 서쪽은 우리가 묵고 있는 숙소와 같은 영구 건물이
많이 들어서 있고, 시내 동편은 순례자들의 천막이 다닥다닥 붙어 있다.
마을 한가운데를 흐르는 시내는 카일라스에서 처음 시작하여 평원을 따
라 흐르다가 마나사로바 호수로 들어간다. 천막촌 북쪽에는 잠실 야구
장 만한 크기의 병영이 있어 오색 홍기가 나부끼고 있다. 그리고 그 병
영 뒤로는 가파른 민둥산이 버티고 있다. 천막촌에서는 매일 아침 반짝
시장이 열린다. 카일라스 참배를 위해 이 곳에 온 순례자들이 생활 도구
와 먹을 것들을 물물교환하는 장소다. 그들은 필요한 물건을 서로 나누
어 챙긴 뒤 코라를 위해 서쪽으로 출발한다. 길바닥에는 노점도 보이는
데, 화학섬유로 짠 조잡한 옷가지가 대부분이다. 색이 날아가거나 말거
나, 직사광선에 그대로 노출돼 있었다. 주인 아주머니는 손님을 기다리
다 지쳤는지 아예 잠이 들어버렸다.

이해선 선생이 따끈한 인삼차를 가져왔다. 어제 파양에서는 많이 지
쳐보였는데, 오늘은 표정이 아주 밝다. 차에는 꿀이 듬뿍 들어 있어서
매우 달았다. 나도 새 힘이 돋는 듯하다. 이 선생 말로는 군 부대 뒷산을
올라가면 카일라스를 볼 수 있다고 한다. 병영 뒤 산골짜기에 나부끼는
다루초가 바로 '안쪽 산돌이In Kora' 의 입구라는 것이다. 아침에 심 회

순례자 텐트, 다르첸

장이 올라가는 것을 보았는데, 내려오거든 길을 물어보라고 한다. 나는 다시 가슴이 뛰기 시작했다. 비록 코라는 물 건너갔지만 카일라스를 친견할 수 있는 길이 열릴 것만 같았다.

이 곳 다르첸 마을은 카일라스 바로 밑에 있는 코라의 출발점이지만, 정작 카일라스의 모습은 볼 수 없는 곳이다. 높은 산들이 카일라스 주위를 둘러싸면서 시야를 차단하고 있기 때문이다. 그래서 바깥 산의 능선에 올라가야 카일라스의 모습을 볼 수 있다는 것이다. 코라에는 '바깥 산돌이Out Kora'와 '안쪽 산돌이'가 있다. 바깥 산돌이는 이 곳 다르첸 마을에서 시계 방향으로, 즉 서쪽으로 카일라스 산 주위를 한 바퀴 도는 것이고, 안쪽 산돌이는 이 마을 복판을 흐르는 시내를 따라 카일라스의 남쪽 바위 벽 바로 밑까지 다녀오는 코스다. 바깥 산돌이는 52~53km 거리로 보통 3박 4일이 걸린다. 길은 비교적 평탄한 것으로 알려졌으나 카일라스 산 북쪽의 될마 라Dolma-La, 즉 될마 고개가 해발 5,620m나 되어 최대 고비가 된다고 한다. 이 길은 차량 통행이 불가능하므로 야크에 야영 장비와 식량을 싣고 걸어가야 한다. 신심이 깊은 원주민들은 이 길을 오체투지로 간다니, 놀라울 따름이다.

무엇이 이토록 힘든 수행을 마다하지 않게 만드는가. 한 번 코라를 바치면 평생의 업業 karma이 정화되고, 열두 번을 바치면 숙생宿生의 업이 정화된다. 업이 정화된다는 것은 깨달음에 그만큼 가까이 간다는 것을 뜻하는 것이다. 특히 올해와 같은 백말 띠 해에 코라를 행하면 다른 해의 코라보다 열두 배의 효과가 있다고 한다. 이러한 속설 때문에 지금 이 곳 다르첸은 티벳 지역은 말할 것도 없고 인도, 중국, 한국 등지에서 몰려온 코라 순례 인파로 북새통을 이루고 있다. 숙소가 동나고 천막촌도 비좁다. 우리의 티벳인 가이드 소남은 금년 들어 지금까지 70만 명이 이 곳을 다녀갔다고 주장하는데, 믿어야 할지 망설여진다. 그 많은 사람들을 실어나를 교통수단이 있었는지 의심되기 때문이다.

안쪽 산돌이는 바깥 산돌이를 열두 번 마친 사람이라야 허용되는 코라다. 무엇 때문에 이런 제도가 생겼는지 모르겠으나, 안쪽 산돌이는 길이 훨씬 더 험하고 위험하기 때문에 조심하라는 뜻 같기도 하다. 거리는 정확히 알 수 없으나 지도로 판단하건대, 바깥 산돌이의 4분의 1쯤 되는 것 같다. 김규현의 '카일라스 순례도'에 따르면(《티벳의 신비와 명상》, 서울, 도피안사, p204) 안쪽 코라의 끝에서 발원하는 시내, 세룽 추가 중간에 장타 곰파에서 발원하는 장타 추와 만나 다르첸 추가 되면서 다르첸 마을을 관통한다. '곰파'는 절, 사원monatery이라는 뜻이고 '추'는 강보다는 작은 시내川를 말한다. 이 지도에 따르면 또 바깥 코라 북쪽의 가장 높은 곳, 즉 될마 라에서 양쪽으로 물이 흐르기 시작하는데, 서쪽 시내를 '라 추'라 하고, 동쪽 시내를 '종 추'라고 부른다. 그리고 이 세 하천은 모두 원주민들이 만卍 자字 평원swastika이라고 부르는 드넓은 카일라스 평야를 가로질러 마나사로바 호수와 락사스 탈Raksas Tal 호수로 흘러들어 간다. 그러니까 카일라스의 뒷꼭지에서 좌우로 흐르는 물이 만든 계곡을 따라 바깥 산돌이의 길이 열리고, 카일라스의 배꼽에서

순례자 가족, 다르첸

흐르는 다르첸 추를 따라 안쪽 산돌이의 길이 트인 것이다.

점심식사 자리에서 심 회장에게 "카일라스를 보셨느냐?"라고 물었다. 심 회장은 고개를 저으면서 뒷산 다루초 있는 곳까지는 갔는데, 산이 계속 이어져서 그냥 내려왔다고 말했다. 나는 혼자서라도 카일라스를 보러 가겠다고 밝히고 같이 갈 사람을 찾았으나, 모두들 관심이 없는 듯했다. 다만 최병철 선생이 따라나설 듯하다가 그냥 주저앉으면서 망설이는 눈치였다. 나는 오후 2시 반, 카메라를 넣어 다니는 손가방에 물 한 병만 들고 혼자서 떠났다. 다르첸 추를 건너 군 부대 담장을 돌아서자 커다란 V자형 계곡이 입을 딱 벌리고 나타났다. 계곡 위에는 무수한 다루초가 바람에 나부끼고 있었다. 초등학교 시절 어느 가을, 학교에서 집으로 돌아오는 길에 마른 풀밭에 누워 미루나무 이파리가 바람에 반짝이는 모습을 본 기억이 살아났다. 황금색 이파리가 물비늘처럼 반짝반짝하는 모습이 너무 화려하여 오랫동안 쳐다보고 있었더니 정신이 빙빙 돌았던 것이다. 오색 다루초도 그런 현기증을 불러올 듯하여 그냥 땅만 보고 걸었다.

다루초가 보이는 능선은 빤히 보이는데도 꽤 멀었다. 그리고 매우 가파라서 지그재그로 난 길을 30분 정도 올라가야 했다. 숨이 턱에 차서 허위허위 오르는데, 아주머니 두 사람과 십대 소녀 하나가 짐을 내려놓고 쉬고 있다. 그들은 나를 내려다보면서 빙그레 웃었다. 뭐라고 말을 걸었으나 통할 리가 없다. 연신 손가락으로 계곡 쪽을 가리키며 합장을

안쪽 산돌이 입구, 다르첸

해보인다. 빈몸으로 다녀도 힘든 길을 그들 부인네들은 밀가루 포대 만한 보따리를 지고 다니는 것이었다. 나도 합장으로 화답했다. 올라와서 보니 계곡의 폭은 예상한 것보다 훨씬 더 넓어 100m도 넘을 듯하다. 깊이도 50m는 실히 될 듯 까마득하다. 다르첸 추가 이렇게 깎아내린 것일까. 이 넓은 지역을 어떻게 가로질러 연결했는지 수많은 다루초의 끈들이 양쪽 계곡을 거미줄처럼 엮어놓고 있었다. 계곡의 허공에 떠서 반짝이는 오색 다루초의 현란한 빛의 잔치는 황량한 아랫동네의 흙집들과 대비되어 신비한 감동을 불러오게 만들었다. 다르첸 마을이 한눈에 들어 오고, 스와스티카 평원이 일망무제로 탁 트였다.

디지털 카메라에 이 모습을 담으려고 스위치를 눌렀더니 CF 카드가 소진됐다는 경고가 떴다. 아직 100컷 정도의 여유가 있을 터인데, 도무지 알 수가 없는 일이었다. 확인해 보니 어제 유목민 이동 모습이 동영상으로 몇 컷 찍혀 있었다. 들고 다닐 때 저절로 찍힌 듯 그림이 몹시 흔들리고 있었다. 아마 조작 실수로 동영상 모드로 바뀐 것을 알아차리지 못하고 그대로 방치한 것 같다. 계곡 안쪽을 돌아다 보니 저 멀리서 능선이 가로질러 가는 모습만 보일 뿐, 카일라스는 머리 끝도 보이지 않았다. 심 회장처럼 여기서 그냥 내려가느냐, 혼자서라도 올라가보느냐…. 한참 망설이는데 적갈색 승복의 스님 다섯 분이 내려오는 것이 보였다. 나이는 가늠할 수 없었지만 젊은 분들이다. 부드러운 얼굴에 원기가 넘쳐나고 있었다. 내가 합장하면서 고개를 숙이자 밝은 미소를 보인다. 짧은 영어로 사연을 설명했다. "이 길로 가면 카일라스를 볼 수 있느냐?"

안쪽 산돌이 능선, 다르첸

"저 능선 위에 오르면 카일라스가 보이느냐?" 스님의 영어는 나보다 훨씬 세련되었다. 둘 다 "예스"라는 대답이 나왔고, 능선에 오르는 것보다는 곰파(절)로 가는 것이 좋다는 취지의 말을 해주었다. 그러면서 왼쪽 길을 가리켰다.

그 때 "오 선생!" 하는 소리가 들렸다. 최병철 선생이 어느 새 나타났는지 바로 등뒤에 서 있는 것이 아닌가. 무척 반가웠다. 우리는 더 이상 머뭇거리지 않고 계곡을 따라 오르기 시작했다. 길은 아주 잘 나 있었으나 지루했다. 간혹 땅바닥에 붙은 억센 풀이 보였으나 민둥산만 계속 이어졌다. 가도 가도 능선은 그 자리에 서 있는 것 같았다. 거리가 줄어든다는 느낌이 오지 않았다. 그러나 다루초에서 보았던 낭떠러지 계곡은 이제 보이지 않는다. 마음이 흔들리면서 초조해지는데, 세 사람이 저만치서 오는 것이 보였다. 뜻밖에도 서양 사람들이었다. 서른 안팎의 젊은 이들로 보였다. 먼저 환하게 웃으면서 인사를 보내준다. 무척 반가웠다. 내 서툰 영어 솜씨를 듣더니 대뜸 한국 사람 아니냐고 되묻는다. 자기의 한국 친구와 발음이 비슷하다는 것이다. 여기서 조금 더 가면 Y자형 갈림길이 나오는데, 왼쪽으로 가면 절이 있고 그 절에서 카일라스를 잘 볼 수 있다는 것이다. 내가 앞에 가로질러 보이는 능선을 가리키자, 물론 그 곳에서도 카일라스를 볼 수 있지만 위험하다면서 자꾸 왼쪽 길을 권했다. 시간은 여기서부터 두 시간쯤 걸린다고 했다.

갈림길에서 바라보니 왼쪽 길은 내리막으로, 저 멀리 계곡 속으로 이

어지면서 끝이 보이지 않는다. 오른쪽은 계속 오르막인데, 모퉁이만 돌아가면 곧 능선에 닿을 것 같다. 시계는 오후 4시를 가리키고 있었다. 이 두 개의 갈림길 사이에는 둥그스름한 높은 산이 들어서 있어서, 어느 쪽을 선택하건 중간에 길을 바꾸는 것은 불가능해 보였다. 최 선생의 의견을 구했다. 대답은 아주 간단했다. 내가 앞장섰으니 자기는 따라갈 뿐이라고 했다. 나는 왼쪽을 버리고 오른쪽 길로 접어들었다. 이 길이 더 가까워 보였고, 지금까지 애써 올라온 것도 아까워 내리막길로 가는 것이 억울하다는 생각이 들었기 때문이다. 이 때까지는 앞에 무엇이 나타날 것인지를 전혀 알 수 없었다.

다르첸 추는 여기서부터 길을 따라 두 갈래로 갈라진다. 아니 시내를 따라 길이 두 갈래로 나누어진 것이다. 우리가 가는 길을 만들어준 시내가 '장타 추'일 것이다. 계곡은 좁아져서 맞은편 벼랑이 자세히 보인다. 길에는 우리 두 사람뿐이다. 오솔길이다. 길섶에는 무수한 돌탑들이 빽빽하게 들어서 있다. 20~30cm가 보통이고 큰 것이라도 50cm를 넘지 못할 것 같았다. 태양은 바로 머리 위에서 불볕을 내리꽂고 있었다. 길바닥은 물기가 배어나와 약간 질었다. 계곡의 시내는 물이 말라 바위들이 거뭇하게 드러나 있었다. 말라붙은 계곡의 폭이 양쪽 산자락까지 닿아 있는 것을 보니, 큰 물이 지면 그 위세가 어떠할지 쉽게 짐작이 갔다. 왼쪽으로는 수직에 가까운 벼랑이 보이고, 그 중간에 암자와 같은 동굴이 있다. 그리고 똑바로 앞을 바라보니, 그 곳에는 절이 있었다. 아마도 장타 곰파인가 보다.

돌탑을 건드리지 않으려고 조심하는 바람에 걸음이 매우 느렸다. 그런데 바로 이것이 우리의 체력을 조절해 주는 결정적인 역할을 한 것으로 보인다. 여기서 절이 보인다고 속보로 서둘렀으면, 우리는 중간에서 쓰러졌을 것이다. 햇볕은 강렬했지만 덥지는 않았다. 챙이 넓은 모자로 햇빛을 가리고 등산 장갑으로 손도 감쌌다. 가벼운 등산화를 신고 온 것이 아주 다행이었다. 물을 몇 모금 마시고 뒤를 돌아다 보니 최 선생도 저만치서 잘 따라오고 있었다. 우리는 서로 이 곳 풍경을 배경으로 삼아 사진을 찍어주었다. 육중한 산 덩어리 위에 검은 돌들이 바둑알처럼 흩어져 있었다. 우리가 올라온 계곡은 커브로 막혀 하늘만 보인다. 햇볕이 쨍쨍 내리쬐는 한낮이었지만 한밤중 같이 괴괴했다.

절은 담장도 없이 맨 땅에 그냥 드러나 있었다. 길은 곧게 이어지다가 절에서 왼쪽으로 꺾이고 있다. 먼저 초르텐이 보이고, 그 뒤에 절 건물이 한 채, 그리고 서쪽으로 빠져나가는 길 저 멀리 또 한 기基의 초르텐이 서 있다. 절 뒤는 깎아지른 절벽이다. 이 절벽은 절을 병풍처럼 크게 감싸면서 동서로 길게 둘러서 있다. 그 절벽의 꼭대기에는 커다란 구멍이 숭숭 뚫려 있었다. 한지로 바른 창호에 구멍이 난 것처럼 신기한 모습이다. 능선이 거대한 바위로 되어 있고 그 바위 벽에 구멍이 생긴 것 같다. 구멍은 한 개가 아니라 여러 개였다. 나는 한숨이 저절로 나왔다. 절 뒤의 능선을 오르는 것은 불가능한 일이었다. 시선을 능선의 서쪽으로 돌리니 다행히 둥그런 꼭대기가 보였다. 서쪽 초르텐 위였다. 절에 들를까 했으나 시간이 없었다. 시계는 오후 5시 반을 가리키고 있다.

간드라크 사원 입구, 다르첸

서쪽 초르텐 위 능선에서도 카일라스가 보이기를 빌면서 산을 오르기 시작했다. 비탈은 심한 것 같지 않은데도 허리를 굽혀야 겨우 몸의 중심을 잡을 수 있을 정도였다. 바닥에는 아무것도 없었다. 검붉은 흙과 바위뿐이다. 아래서 간혹 보이던 몽당 빗자루 같은 풀도 없어졌다. 바닥에서 올라오는 복사열이 후끈후끈하다. 그런데 이 때 토끼들이 후다닥 놀라 뛴다. 나도 덩달아 깜짝 놀랐다. 이 불모지에 생물이 있다는 사실에 나는 전율했다. 귀가 짧은 듯했지만 그것은 분명 토끼였다. 최 선생도 토끼라고 인정했다. 나는 엉금엉금 기다시피 하는데, 토끼들은 날쌔게 뛰었다. 바위 밑에는 토끼집으로 보이는 굴들도 여러 개 보였다. 능선의 꼭대기는 오르고 올라도 그 자리에 서 있는 것 같았다. 아주 가까이 보이는데도, 오르고 또 올라도 하늘을 가르는 스카이 라인sky line만 보일 뿐이었다. 이 산의 능선을 이루는 원圓의 호弧가 그만큼 두텁고 길다는 뜻일 것이다. 이제는 여기까지 올라온 것이 아까워서라도 포기할 수 없었다. 숨을 고르면서 아래를 내려다보니, 절은 보이지 않고 계곡과 그 너머 카일라스 평원(스와스티카)이 하늘과 맞닿아 있다.

드디어 설산의 정상이 조금 보이는 듯하더니 눈앞이 탁 트이면서 거대한 모습이 앞으로 확! 다가왔다. 하마터면 부딪힐 뻔한 느낌이었다. 하늘은 짙은 청색이다. 이런 빛깔을 쪽빛이라고 부르는지, 에메랄드라 부르는지는 알 수 없지만 이 하늘 색에 그래도 가장 가까운 색깔이 쪽빛이고 에메랄드일 것이다. 흰 구름이 몇 송이 떠 있다. 카일라스의 거대한 호弧형 봉우리가 하늘을 하얗게 오려내고 있었다. 양옆에는 검은 바

카일라스 남면, 다르첸

위가 시립해 있다. 마치 주불主佛을 모시고 서 있는 협시보살 脇侍菩薩 같다. 이 협시보살 바위 옆으로는 잠깐 새가 뜨고 동 서로 길게 검은 능선이 이어지고 있었다. 하얗게 빛나는 봉우리 한가운데는 위 아래로 길게 파여 사다리 같은 주름이 보였다. 바람은 잔잔했고 햇빛은 찬란하여 천지가 그냥 환했다. 2002년 6월 27일, 목요일 오후 6시 반이었다.

나는 압도되어 오체투지를 했다. 아홉 번 절을 하고 소원을 빌었다. 그리고 땡볕이 쏟아지거나 말거나 결가부좌를 든 채 카일라스를 향하여 명상에 들었다. 카일라스의 흰빛이 자꾸 떠올라 쉽게 초월超越이 되지 않는다. 최 선생의 사진 찍는 소리만 들렸다. 바람도 없었다. 명상 중에도 아까 빈 소원을 떠올렸다. 얼마 후 지극한 편안함과 기쁨이 솟아나며 활짝 깨었다. 코끝에는 신선한 생기가 감돈다. 나는 눈을 뜨기 싫었지만 내려갈 일이 걸렸다. 천천히 눈을 떴다. 먼저 우람한 설산과 푸른 하늘이 보였다. 조용하고 깨끗하다. 눈을 떠도 명상이 계속되는 느낌이었다. 하늘은 더 푸르고, 산은 더 희고, 햇빛은 더욱 밝았다. 모든 것이 아름답고 환희歡喜 속에 빛나고 있었다.

카메라를 꺼내 부지런히 셔터를 눌렀다. 줌으로 당겨놓고, 가로로 세로로 닥치는 대로 찍었다. 필름 세 통이 금방 동났다. 구름이 나타나는가 싶더니 순식간에 카일라스가 사라졌다. 카일라스는 인도인들이 부르는 이 산山의 이름이다. 그에 앞서 힌두교도들은 수메루Sumeru라고 불렀다. 우주의 중심이라는 뜻이라고 한다. 브라만 교도들은 이 산에 그들의 최고 신인 인드라 Indra가 살고 있다고 믿었고, 힌두교도들은 시바 Siva 신이, 불교도들은 제석천帝釋天이 주석한다고 믿었다. 그런데 김규현에 따르면 이들은 모두 동일한 신神이다(《티벳의 신비와 명상》, pp 176~182). 불교가 힌두교의 '수메루 신화'를 차용하여 '수미산 설화'를 만들어냈다는 것이다. 그렇다면 수미산須彌山이라는 이름도 수메루의 한자음역漢字音譯이 아닌가 생각된다. 불교와 힌두교는 뿌리가 같다. 불교는 힌두교의 카스트 등 태생적 불평등을 비판하면서, 그것을 극복하기 위해 탄생한 종교이므로, 이 주장은 전혀 근거가 없는 것은 아닐 것이다. 반대로 힌두교는 불교를 카르마 요가karma yoga라고 격하하여 자기들 종교의 여러 지파 중 하나라고 본다. 어쨌든 힌두교이건 불교이건, 카일라스가 자신들의 주신主神이 강림降臨한 성소聖所라고 믿고 있다는 사실이 중요하다. 또 이 지방 토속신앙이라는 본Bon교敎도 자신들의 교조, 센랍 미우체Senrab Miwoche가 하늘에서 내려와 머문 곳이라며 신성하게 받들고 있으며, 인도의 자이나교Jainism 역시 자기들의 교조가 이 곳에서.깨달음을 얻었다면서 참배를 하고 있을 정도로, 이 산은 여러 종교로부터 숭배의 대상이 되고 있는 것이다.

비록 티벳 불교에 흡수 통합되었다고는 하나 본교의 전통은 아직도 이 지방 문화에 강하게 살아 있다. 이 지방 사람들과 중국 사람들은 이 산을 카일라스라 부르지 않고, 강 디세岡底斯 또는 강 린포체岡仁波齊 Kang Rinpoche라고 부른다. '강'이나 '디세'는 모두 눈雪을 말하고, 린포체란 환생한 스승을 뜻한다고 한다. '강 린포체'라는 이름은 티벳 불교 냄새가 많이 난다. 그래서인지 이 지방 관청에 붙어 있는 명칭은 모두 강 디세로 통일되어 있었다. 영어는 인도인들이 쓰는 카일라스 Kailash를 채택하고 있으므로, 나도 그렇게 불렸던 것이다.

카일라스는 해발 6,714m의 검은 바위산이다. 바깥 코라의 길이 52km가 이 산의 둘레에 해당한다. 미국 애리조나 주 북부에도 블랙 메사Black Mesa라고 부르는 종 모양의 바위산이 있다고 한다. 그 곳 토박이들인 프에블로 인디언들은 그 바위가 우주의 중심이라고 믿는다. 스필버그 감독의 영화, 〈클로즈 인카운터Close Encounter〉의 모델이 된 바위다. 그러나 규모는 카일라스와 비교할 수가 없을 것이다. 카일라스는 히말라야 산맥의 여러 봉우리 중의 하나One of Them가 아니라 카일라스 산맥이라고 부르는 별도의 산맥에서 우뚝 솟아난 군계일학 같은 존재다. 해발 4,500m의 카일라스 평원swastika에서 다시 2,000m가량 직립해 있기 때문에 실제보다 훨씬 더 높아보인다. 그래서 고대인들은 이 산을 처음 보는 순간 압도당하여 세계의 중심, 우주의 중심이라고 믿는 데 주저하지 않았던 것이다. 근처가 모두 평야지대라서 동서남북 어디에서든지 잘 보인다. 카일라스는 살아 있는 사람으로서는 누구도 올라가본 적이 없는 그야말로 전인미답의 순수, 청정한 성지聖地다. 산세가 워낙 험해 인간의 접근을 허용하지 않았을 뿐 아니라 종교적 터부taboo로 감히 발을 디밀 엄두를 내지 못하게 했기 때문이다. 중국 정부도 카일라스의 등반은 엄금하고 있다. 앞으로도 영원히 인간의 발에 의해 모욕을 당하는 일이 없기를 기원한다.

이 산은 커다란 송이버섯 모양인데 꼭대기에는 만년설이 덮여 있다. 각이 진 삼각뿔의 인공 피라미드가 아니라 둥글둥글 원만한 천연 피라미드다. 둘레를 작은 산들이 겹겹이 둘러싸고 있어서 적갈색 꽃잎 위로 솟아난 흰 꽃술 같기도 하다. 그리고 누가 보아도 금방 알 수 있을 만큼 남근男根을 닮았다. 《티벳의 영혼, 카일라스》의 공저자, 태드 와이즈Tad Wise는 이 산을 처음 대하고, 힘차게 발기한 남근이 이제 막 정액을 쏟아내는 모습 같다고 썼다. 카일라스의 가운데에 파인 길다란 홈이 그런 상상을 부추겼는지 몰라도, 불교의 수미산 설화는 그것이 천국에 오르는 계단이라고 설명한다. 카일라스 자체가 우주이기 때문에 이 곳에 삼십삼천三十三天이 있고 사대천왕四大天王과 여러 부처님과 보살, 아라한들이 주석하고 있다고 말한다. 이 천국의 계단 맨 위에는 도리천이 있는데, 그 곳의 행정장관이 제석천이라는 것이다.

힌두교도들은 이 산을 링가Linga의 원형이라고 본다. 링가는 시바Siva 신을 상징하는 것이다. 링가가 있으면 여성을 상징하는 요니Yoni가 있어야 한다. 힌두의 조각을 보면 창조의 신 시바가 여신 삭티Sakti를 포옹하고 있는 장면이 민망할 정도로 노골적이다. 힌두교 신자들은 요니 위에 링가를 세우고 물을 뿌리면서 경배를 드린다. 이것이 바로 창조의 신 시바를 섬기는 의식이다. 그들은 카일라스에서도 그런 일이 벌어지고 있다고 믿는다. 그럼 이 곳에도 카일라스를 위한 요니가 있는가. 물론이다. 다르첸에서 약 60km 떨어진 곳에 두 개의 커다란 호수가 있는데, 그들이 카일라스의 요니가 되는 것이다. 카일라스의 왼쪽에 있는 호수

를 마나사로바Manasarova라 부르고, 오른쪽 호수를 락사스 탈Raksas Tal
이라고 부른다. 마나사로바는 해발 4,530m로 지상에서 가장 높은 곳에
위치한 천연 호수다. 둘레가 자그마치 110km나 되고 직경도 24km쯤
된다고 한다. 마나사로바는 어머니가 되고, 카일라스는 아버지가 되는
것이다.

　힌두교도들이나 자이나교도들은 카일라스 못지않게 마나사로바를 신
성시한다. 마하트마 간디Gandhi가 자신을 화장하여 뼈의 일부를 이 곳
에 뿌려달라고 유언했다는 말이 전해 내려올 만큼 성스러운 곳이다. 이
호수에서 목욕을 하면 카일라스 코라와 마찬가지로 숙생의 나쁜 카르마
가 사라지고 극락에 태어날 수 있다고 믿는다. 그리고 이 호수는 인도인
들이 '어머니의 강Mother Ganga'이라고 부르는 갠지스 강의 시발점이
된다. 인도인들에게 있어서 갠지스 강의 뿌리는 하늘이다. 그러므로 갠
지스 강에서 목욕하는 것은 하늘의 물로 몸과 마음을 정화하는 것이 된
다. 갠지스에서 목욕하는 것도 평생의 영광인데, 하물며 그 강의 원류인
마나사로바에서의 성욕聖浴은 어떤 축복이 있겠는가. 락사스 탈은 바로
곁에 있는데도 종교적인 스포트라이트를 덜 받고 있는 듯하다. 크기가
마나사로바보다 작고 슬픈 전설이 서려 있기 때문이라고 한다. 이 두 호
수는 신기하게도 땅밑 물길로 서로 통하고 있다는 전설이 있었는데, 그
것도 최근 사실로 확인되었다. 중국 사람들은 마나사로바를 간단히 신
호神湖라고 부른다. 종교를 아편이라고 백안시하는 공산주의자들답지
않게 멋진 이름을 붙였다.

마나사로바 호수와 굴라만다타 봉, 다르첸

갠지스의 원류가 마나사로바라고 했지만 진짜 갠지스의 시원지始源池는 카일라스다. 카일라스의 눈녹은 물이 마나사로바를 거쳐 히말라야를 넘어 갠지스로 흘러들어가기 때문이다. 카일라스의 남쪽을 흐르는 이물을 여기서는 공작하孔雀河, 카르날리Karnali 강이라고 부른다. 눈은 하늘에서 내려오므로 인도인들이 믿듯이 갠지스의 뿌리는 하늘이라고 할수 있겠다. 카일라스의 북쪽에서 출발하는 물을 사천하獅泉河라고 부르는데 창탕고원, 아리를 거쳐 파키스탄으로 나가 인더스 강이 된다. 즉 인더스 강의 시원지도 카일라스인 것이다. 서쪽으로 흐르는 물은 상천하象泉河, 술투레지Sulteji 강이라 부르는데, 카슈미르를 헤치고 나가 인더스 강에 합류한다. 동쪽으로 흐르는 물에는 마천하馬泉河라는 이름이 붙어 있다. 이 강이 바로 얄룽창포Yarlung Tsangpo이다. 얄룽창포는 히말라야 산맥의 동쪽 끝을 돌아 뱅골만을 향하여 쏟아져 내려가는데, 이 때의 이름은 브라마 푸트라 강이 된다. 이처럼 카일라스는 동서남북으로 세계적으로 큰 강 네 개의 시원지가 된다. 카일라스의 눈녹은 물이 흘러 초목과 가축과 사람을 먹여살리는 것이다. 이 점은 종교 설화를 빌리지 않더라도 의미심장하다고 하지 않을 수 없다. 그리고 굳이 높은 히말라야의 준령을 넘어 인도와 파키스탄, 방글라데시를 거쳐 바다로 빠져나간다는 점도 신기하다.

지금까지 카일라스만 쳐다보고 있던 고개를 반대쪽으로 돌리니, 또 하나의 장쾌한 장면이 기다리고 있다. 탁 트인 벌판 위로 작은 시내가 반짝이며 거대한 마나사로바 호수로 흘러들어 가는 모습이 보인다. 카

130

투만두로 올 때 인도차이나 반도 상공을 날며 보았던 구불구불한 물 줄기가 여기서도 보였던 것이다. 분명 카일라스가 흘려보낸 물일 것이다. 연초록 스와스티카 들판 건너 하늘 색을 빼닮은 짙푸른 옥색의 거대한 호수가 흰 눈을 뒤집어쓴 설산 아래에서 빛을 되쏘고 있다. 설산의 봉우리는 구름에 잠겨 있다. 이 설산이 굴라 만다타Gula Mandhata(7,728m)다. 중국 지도에는 나이모나니Naimonanyi라고 표시되어 있다. 그러니까 굴라만다타는 마나사로바를 사이에 두고 카일라스와 서로 마주 보고 서 있는 것이다. 실제로는 굴라만다타가 1,000m나 더 높지만 우리 눈에는 오히려 카일라스가 더 높아보인다. 이것이 바로 카일라스의 신비이자 마력이다. 굴라만다타는 동쪽으로 능선을 길게 늘어뜨리고 있어 아주 부드러운 모습이다. 그래서 이 곳 주민들은 순백의 비단을 걸친 나이모나니 공주가 비스듬이 누워서 강 디세를 바라보고 있다고 믿는다.

서쪽으로는 까마득한 벼랑이다. 상당히 넓고 깊은 계곡이 카일라스 내부를 향하여 이어지고 있다. 멀리 계곡 바닥에 절 한 채가 콩알 만하게 보인다. 절 주변에는 파란 천막도 몇 채 서 있다. 그 계곡을 흐르는 물이 세룽 추이고 절은 세룽 곰파Selung Gompa다. 이해선 선생은 위성 사진을 토대로 만든 이탈리아 판 지도를 가지고 있었다. 나중에 이 지도로 따져보니 세룽 곰파는 해발 4,720m다. 그럼 내가 지금 서 있는 이 곳은 해발 얼마나 될까. 여기는 우리가 지나온 능선 아래의 절보다 300m쯤 더 높을 것이다. 이탈리아 판 지도에는 그 절이 걍드라크 사원 Gyandrak Monastery이라고 표시되어 있고, 김규현의 카일라스 순례도에

세룽 곰파, 다르첸

는 장타 곰파로 표기되어 있다. 어느 것이 맞는지 모르겠지만 김규현의 순례도에는 해발 표시가 없다. 이탈리아 판 지도에 따르면 걘드라크는 해발 4,960m다. 이것이 맞는다면 나는 지금 해발 5,300m 안팎 되는 곳에 서 있는 셈이다.

어느새 7시 반이 되었다. 서울에서 7시 반이라면 황혼이겠지만, 여기서는 아직 햇빛이 많이 남아 있다. 앞에서 밝힌 대로 베이징 시간을 표준으로 쓰기 때문에 두 시간 30분 정도 빨리 갈 것이다. 그러므로 실제 정확한 시각은 5시 반 전후일 것이다. 꿈 같은 한 시간이 흐른 것이다. 카일라스는 이제 완전히 구름 속으로 숨었다. 나는 카일라스의 은혜에 다시 감사를 드렸다. 카일라스는 좀처럼 그 신비한 모습을 드러내지 않는다고 한다. 그런데 오늘 나에게는 그 웅장한 몸 전체를 보여주었다. 나는 이것을 요행으로 치부하고 싶지 않다. 카일라스 친견을 위한 나의 염원이 받아들여진 것으로 믿고 싶기 때문이다. 어제 저녁 코라가 무산되었을 때의 실망감이 평생의 아쉬움으로 남지 않도록 배려해 준 카일라스의 은혜에 재삼 감사드린다. 구름 장막으로 사라진 카일라스를 향해 합장하고 자리를 떴다.

스와스티카의 하늘도 히말라야에서 넘어오는 구름으로 거의 다 덮였다. 그래도 마나사로바는 뚜렷하다. 내려가는 길은 쉬웠지만 서두르지 않았다. 걘드라크 사원의 서쪽 초르텐까지는 어림짐작으로도 2km 가까이 되는 것 같다. 아까 올라갈 때는 한 시간쯤 걸렸지만 30분도 지나지 않아 사원 서쪽의 초르텐에 닿았다. 여기서부터는 길이 잘 나 있으므로 날이 어두워진다 해도 조난당할 염려는 없을 것 같다. 안쪽 산돌이 입구 다루초에 왔을 때 어두워지기 시작했다. 지그재그 비탈길을 내려와 숙소에 도착하니 밤 9시 반이다. 모두가 반가워한다. 은근히 걱정이 컸던 모양이다. '왕초보' 두 사람이 겁도 없이 산에 올라가 소식이 없었으니 그럴 만하다. 마침 숙소 앞 천막 식당을 빌어 양고기 파티를 벌이고 있었다. 오랜만에 맥주를 한 잔 마셨다. 몸이 좀 지쳤는지 빙글빙글 돈다. 김봉제 회장이 특수 처방이라면서 이온 음료를 한 잔 만들어준다. 미국에서 새로 개발한 원기 회복 드링크라고 한다. 일행들은 내가 무엇을 보았는지 묻지도 않았다. 이해선 선생만이 나의 설명을 듣자 깜짝 놀란다. 손가방에서 이탈리아 판 지도를 꺼내 나와 최 선생의 족적足跡을 추적해 보더니 자기도 내일 꼭 가보겠다고 벼른다. 최영 총무도 함께 가기로 했다. 피곤하고 졸려서 나는 중간에 나와 침상에 누웠다. 오늘 하루 일이 파노라마처럼 감은 눈앞을 흘러간다. 너무나 고맙고 자랑스러운 하루였다.

츄크 사원의 코라로 아쉬움을 달래고

제7일 2002년 6월 28일 금요일 흐린 뒤 맑음
다르첸-츄크 곰파-다르첸

잠도 잘 잤고 몸도 가뿐해졌다. 그런데 콜라색 소변이 나왔다. 이렇게 진한 빛깔의 소변은 처음이다. 은근히 걱정이 되었다. 어제 갼드라크에 다녀온 것이 무리였던 것일까. 단 한 잔의 맥주가 탈이 된 것일까. 아무튼 다른 이상한 증상은 없었다. 아침 밥도 두 공기나 들었다. 간밤 파티하고 남은 양고기와 마나사로바에서 건져올렸다는 생선 반찬도 나왔다. 이 선생과 최 박사가 지도를 들고 찾아와 내가 어제 다녀온 코스를 재삼 확인한 뒤, 아침 9시쯤 가이드 겸 포터로 고용한 현지인 모녀母女와 함께 안쪽 코라 방향으로 떠났다. 곧이어 우리도 바깥 코라 방향으로 출발했다. 카메라 가방만 든 간편한 차림들이었다. 날씨는 약간 흐리고 쌀쌀하다. 사막 같은 모래 땅에 마른 풀포기들이 모내기를 한 들판처럼 띄엄띄엄 보인다. 걸어서 코라를 시작한 티벳 가족들을 몇 번 지나쳤다. 그들에게 먼지 세례를 퍼부으면서 지프를 타고 가는 우리가 부끄러웠다.

겨우 20분쯤 달린 뒤 우리는 모두 차에서 내렸다. 이제까지 내가 본 것 중에 가장 큰 다루초가 서 있었다. 이 곳 사람들은 이 다루초를 타포체라고 부른다. 타포체는 바깥 코라의 출발점이 되는 곳이다. 코라 순례객은 어김없이 이 타포체에 무사귀환을 빌고 떠난다. 한 떼의 현지인들이 우리를 기다리고 있다가 짐을 받아준다. 카메라 가방이 무거우니까 포터를 대령했나보다. 나는 포터에게 맡길 짐이 없었다. 타포체가 서 있는 곳은 그냥 넓은 빈터일 뿐 별다른 특징이 없었다. 그러나 이 곳은 해마다 커다란 불교 행사가 열리는 성소聖所다. 음력으로 4월, 석가모니의 성도일成道日에 '사가다와' 라는 축제가 열려 티벳 전국에서 승려와 신도가 몰려온다. 특히 금년 사가다와 축제 때는 매일 수천 명에서 수만 명의 참배객이 몰려와 인산인해를 이루었다고 소남이 말했다. 말띠 해에는 특별히 커다란 축복이 내리는데, 올해는 12년 만에 돌아온 말의 해이고, 그것도 백말띠 해라서 부처님의 가피력이 각별할 것이라고 믿었기 때문이라고 한다.

타포체란 높이가 10m 가까이 될 정도로 긴 나무막대기다. 대자유봉大自由棒이라는 뜻을 가지고 있다고 한다. 일 년에 한 번 사가다와 축제 때 이 기둥을 넘어뜨렸다가 다시 세운다. 타포체가 걍드라크 사원 방향을 기준으로 각도가 얼마나 벌어졌는가로 그 해의 길흉을 점친다고 한다. 내가 어제 다녀온 걍드라크 사원이 이런 구실도 하고 있다니 새삼 자랑스럽다. 아마 걍드라크가 카일라스의 남쪽 정면, 그것도 가장 높은 곳에 자리잡고 있는 절이기 때문일 것이다. 타포체에는 수많은 다루초가 걸려 있었다. 사진작가들에게는 아주 좋은 그림이 되는 모양이다. 30

분쯤 기다렸지만 구름과 안개는 걷힐 기색이 없어 보였다. 우리 일행은 할 수 없이 바깥 코라의 길을 좀더 들어가보기로 했다.

햇빛이 다시 내리쬐기 시작했으나 구름은 여전히 많았다. 좌우로 높은 산 줄기가 시작되고 있었으며, 왼쪽으로는 제법 큰 시내가 흐르고 있다. 이것이 '라 추' 일 것이다. 골짜기는 상당히 넓었다. 폭이 200m는 실히 될 것 같다. 큰 물에 떠내려온 바위와 자갈이 어지럽게 널려 있었다. 양쪽의 산 줄기는 점점 높아져서 마치 커다란 터널을 지나가고 있는 느낌이었다. 산 줄기의 계곡 쪽 벼랑은 깎아지른 절벽이었다. 적갈색 바위가 떡 시루처럼 켜켜이 쌓여 있다. 이것은 이 지역이 오랜 옛날 바다 밑이었다는 것을 말해 주는 것이다. 실제로 히말라야는 인도 판板이 중국 대륙을 밀어올리면서 융기한 것이라고 과학자들은 설명하고 있다. 이 융기는 지금도 계속돼 에베레스트가 해마다 조금씩 높아진다는 사실이 실측을 통하여 확인되었다. 그리고 히말라야 곳곳에서는 암몬 조개 등 바다 생물들의 화석도 많이 발견되고 있어 상선벽해桑田碧海가 아니라 벽해상전碧海桑田이 되었음을 입증해 주고 있다.

검붉은 석벽이 공연히 보는 사람을 겁먹게 한다. 아주 낯선 느낌이다. 이승을 떠나 저승의 입구에 들어선 듯하고, 다른 혹성에 다다른 듯한 기분도 들었다. 괴괴하고 휘휘하다. 날씨마저 흐려 더욱 음산했다. 사람들도 말이 없어졌다. 왼쪽 절벽 중간쯤에 절 같은 건물 한 채가 제비집처럼 붙어 있는 것이 보였다. 이렇게 한 시간쯤 걸었을 때였다. 뒤에서 부르는 소리가 들렸다. 뒤돌아보니 일행들이 오던 길을 되돌아나 가고 있었다. 소남이 기다리고 있다가 말한다. 아까 지나온 벼랑 위 절에 올라가 카일라스를 촬영하기로 했다는 것이다. 계곡에서는 카일라스를 볼 수 없지만, 그 절에 가면 잘 보인다는 설명이다.

라 추는 제법 큰 물결을 치면서 빠른 속도로 흐르고 있었다. 시내 중간 중간에 바위를 옮겨다놓고 널빤지를 깔아 다리를 만들어놓았다. 다리를 건너 절을 올려다보니 매우 높다. 고개를 뒤로 젖혀야 보일 정도다. 길은 사람 하나가 간신이 지나갈 정도로 비좁다. 곳곳에 돌탑이 쌓여 있고 재그재그로 이어져 있다. 갼드라크 사원 뒷산보다 훨씬 가파르다. 절에 오르는 사람은 7~8명 정도이고, 나머지는 라 추 다리 근처에서 쉬고 있다. 절은 절벽에 제비집처럼 붙어 있었다. 비록 손바닥 만하지만 절벽에 이런 공간이 생겼다는 것이 신기하다. 아래 위로 두 채의 건물이 있는데, 아랫채는 요사채인 듯 웃채의 절반 정도다. 법당이 가까스로 자리잡은 웃채는 바닥이 50평쯤 될까. 스무 평 남짓한 법당이 정면에 서 있고 그 뒤로는 역시 스무 평 남짓한 사다리꼴 모양의 마당이 허공에 달려 있다. 마당의 법당 쪽 귀퉁이에는 바위를 파내고 조그만 암자를 만들어놓았다. 한 사람이 간신히 누울 정도인 방이 두 개 있다. 법당의 입구는 요사채의 지붕과 연결되어 있었다.

소남에게 물으니 츄크 곰파라고 한다. 이탈리아 판 지도에 츄크 사원 Chuku Monastery은 해발 4,820m로 표시되어 있다. 상당히 높은 곳이다.

츄크 곰파는 카일라스 주위에서 가장 먼저 생긴 절이라고 한다. 파드마
삼바바Padmasambhava가 티송 데첸Trisong Detsen(755~797) 왕의 초청
으로 인도에서 티벳로 올 때 이 곳에서 오래 머물며 명상을 했다고 전한
다. 마당 귀퉁이에 있는 암자가 바로 파드마삼바바의 명상실이라는 것이
다. 파드마삼바바는 인도 나란다 불교대학의 교수로 탄트라 불교Tantric
Buddhism의 대가였다. 인도 불교가 이슬람의 침공으로 쇠퇴의 길로 들
어설 무렵, 그는 티벳의 티송 데첸 왕의 초청을 받아 탄트라 불교의 경
전sutra과 법구tantric images, 테르마Termas를 가지고 히말라야를 넘어
와 오늘날 티벳 불교의 시조가 된 실존 인물이다. 티벳 불교의 4대 교파
중 가장 오래 된 닝마파Nyingma School의 교조이기도 한 그는, 라사의
조캉 사원 본존불本存佛 바로 곁에 모셔질 만큼 티벳인들로부터 추앙을
받고 있다.

법당문이 잠겨 있어서 그 앞에서 그냥 오체투지를 했다. 절을 마치자
언제 나타났는지 옆에 늙은 스님이 서서 지켜보고 있다. 주위에는 참배
를 온 티벳 사람들이 좋은 구경거리를 만났다는 듯 신기하게 나를 살피
고 있었다. 나는 무심코 지갑을 꺼내 스님에게 시주했다. 그러자 내가 청
한 것도 아닌데 법당 문을 열어주었다. 법당 안은 깜깜하여 잘 보이지 않
았다. 스님이 초에 불을 밝혔다. 정면에 자그마한 부처님이 앉아 계신다.
그 옆에는 더 작은 보살상이 모셔져 있고 벽과 천장에는 온통 색색으로
물들인 길다란 천을 늘어뜨려 놓았다. 우리 일행이 들이닥치면서 요란하
게 플래시를 터뜨린다. 스님과 소남이 질색을 하고 나서서 말렸다. 나는

부처님께 다시 삼배를 드리고 명상에 들어갔다. 내 곁에 또 한 사람이 앉는 것을 감지했다. 명상은 깊이 들어가지 못하고 자꾸 파드마삼바바가 떠올랐다. 명상에서 깨어나니 그래도 순식간에 20분이 흘렀나보다.

파드마삼바바는 인도에서 가져온 108개의 탄트라 경전sutra과 125개의 탄트라 법구法具를 카일라스 일대에 숨겨놓았다고 전한다. 제자들이 경전들을 이해하고 남에게 가르칠 만큼 수행의 높은 경지에 오르지 못했음을 알고 후대에 태어날 선지식善知識들을 위해 이를 티벳 말로 번역하여 감춰놓았다는 것이다. 마치 무협소설의 실전된 비급 찾기와 같은 허무맹랑한 소리 같지만 파드마삼바바의 비밀 경전은 그 후 종종 발견되고 있어 사실로 입증되고 있다. 《티벳 사자死者의 서書》도 그 중 하나라고 한다. 이 책은 1919년 미국인 에반스 웬츠Evans Wents가 영어로 번역하여 1927년 옥스퍼드 대학 출판부가 인쇄·배포했는데, 이내 곧 서양의 기독교적 세계관과 기계론적 우주관에 커다란 균열이 나게 만들었다. 특히 칼 융Carl Jung은 이 책에서 얻은 영감으로 '집단무의식集團無意識'이라는 새로운 개념을 만들어내 서양인들의 인간관에 획기적인 변화를 주었다.

소남은 뒤죽박죽인 영어로 이 절에 얽힌 사연을 알려준다. 나의 영어도 소남 수준이나 다를 바 없어 잘 알아들었는지는 모르겠으나 츄크 곰파는 1960년대 말, 중국이 홍위병의 광란으로 소용돌이칠 때 카일라스 주변의 여러 절 중에서 가장 먼저 파괴되었다. 그 홍위병의 난리통에 이 절의 보물인 옥불玉佛도 함께 사라졌다. 그 후 웬일인지 중국 당국은 이 절

140

을 제일 먼저 복원하고, 사라졌던 옥불도 스스로 되돌아왔다는 것이다. 옥불은 작지만 신통력이 커서 파괴된 집을 다시 만들게 하고 자기 자신도 원래의 자리로 돌아왔다는 이야기다. 그리고 덧붙이기를, 이 절을 시계 방향으로 열세 번 돌면 카일라스 코라 한 번과 같다고 알려준다. 절을 코 라할 때 마니통을 돌리면서 '옴 마니 펫메 훔'을 염송하라고 가르쳐주었 다. 그는 또 내가 합장하는 방식은 힌두 식이라며 여기서는 엄지손가락 을 구부려 검지손가락 뿌리에 붙여야 된다고 바로잡아주기도 했다.

나는 소남이 가르쳐준 대로 츄크를 열세 번 돌았다. 티벳인들도 함께 돌았다. 그들은 합장하고 염불하며 마니통을 굴리면서 아주 진지하다. 나도 그대로 따라했다. 소남은 이미 도착하자마자 코라를 마쳤다고 한 다. 우리 일행은 계속해서 카일라스만 바라보고 있었다. 그러나 유감스 럽게도 카일라스는 구름에 가려 모습을 보여주지 않는다. 우리가 절에 오르자마자 잠깐 형체를 드러냈을 뿐이다. 여기서 보이는 카일라스는 흰 봉우리의 일부일 뿐이고, 그나마 앞산 능선에 가려 대각선으로 잘려 나간 모습이다. 파드마삼바바의 명상실에서도 카일라스의 봉우리가 보 였다. 파드마삼바바는 그 곳에서 카일라스를 향하여 명상하며 자기의 영체靈體illusory body를 정련精鍊하였던 것이다.

뜻하지 않게 츄크 사원에서 코라를 마친 것이 생각할수록 흐뭇하다. 꿩 대신 닭이라 할까, 비록 카일라스 코라는 놓쳤을망정 츄크의 코라로 아쉬움을 달랠 수 있었기 때문이다. 밑으로 내려와 츄크를 올려다보니

츄크 곰파, 다르첸

벌써 까마득하다. 금방 거기서 내려왔는데도 이 세상의 절 같지 않다. 우리의 지프는 타포체 근처에서 기다리고 있었다. 하늘은 다시 맑아져 땡볕이 쏟아지고 있었다. 다르첸으로 돌아오는 길에 그냥 땅바닥에 주저앉아 있는 부인이 보였다. 부부에게 태워주라는 신호를 보냈다. 이해선 선생이 함께 오지 않아 마침 자리도 비어 있었다. 뒷자리에서 부인을 자세히 살펴보니 머리올이 무척 굵고 숱이 많다. 그러니까 이런 땡볕에 모자도 없이 견딜 수 있는가보다. 비록 낡았으나 옷도 겨울옷처럼 두툼하다. 나이는 사십 전후로 보이는데, 지팡이를 들었다. 마을 입구에서 부인은 내렸다. 부부와 부인은 서로 인사를 주고받는 것처럼 보였으나 무덤덤하다. 부부는 태워준 것을 생색내지 않았고, 부인도 지나친 인사치레를 삼갔다. 어찌보면 태워준 것이 당연하다는 태도다. 도와주고 도움을 받는 것이 당연하다는 생각, 이것이 나에게 깊은 인상을 남겼다. 도움이 필요할 때는 누구나 반드시 도와주지 않으면 안 된다는 불문율로 보이는데, 아무래도 불교의 동체사상同體思想이 몸에 밴 것 같다.

오후 2시쯤 숙소에 도착했다. 육명심 교수의 방에 놀러갔더니 이상한 주전자와 접시 등을 내보이며 기념품으로 샀다고 자랑한다. 이 곳에는 라사나 시가체 같은 큰 도시에서는 볼 수 없는 물건이 많고 값도 싸니 나에게도 여기서 살 것을 권했다. 나는 즉시 육 교수를 따라나섰다. 가게로 가면서 육 교수가 단단히 일렀다. 절대로 흥정에 끼여들지 말라고. 어떤 물건에 애착을 보이면 값이 순식간에 뛴다는 것이다. 그저 육 교수가 "돈" 하면 얼른 값만 치르라는 것이다. 이철수 선생과 우리 방 식구들 서너 명도 함께 갔다. 가게는 마을 끝에 있었다. 천막 두 채를 세우고 팔찌, 염주, 옥잔, 칼, 조그만 부처님 등 온갖 잡동사니를 모아다 벌려놓 았다. 오십 전후의 중늙은이와 새파란 청년이 우리를 보자 반색을 한다. 웬 봉이냐 싶었던 모양이다. 그러나 육 교수도 만만치 않았다.

옥잔을 집어들고 흥정을 시작했다. 상대방은 뜻밖에도 젊은이를 내세 웠다.

"하우 마치?"

"달러? 위안?"

육 교수가 나를 쳐다보았다.

"달러."

젊은이가 이게 웬 떡이냐는 듯 휴대용 계산기에 숫자를 찍으며 의미 심장하게 웃어보인다. 여기 사람들은 중국 돈보다 미국 돈을 훨씬 더 좋 아한다. 나는 계산기를 통한 흥정 방식을 1980년대 초 일본에 처음 갔을 때 이미 경험한 바 있다. 그 때 가게 점원은 '카시오' 계산기에 값을 찍 어보이며 흥정을 했는데, 그야말로 말이 필요없었던 것이다. 계산기, 그 '카시오' 구닥다리 계산기가 이 깊고 깊은 티벳 산골에도 나타난 것이 다. 계산기에는 '40'이 찍혀 있었다. 교수님은 고개를 점잖게 좌우로 흔 들더니 계산기를 건네받아 '9'라고 찍고, "라스트 프라이스!"라고 했다.

젊은이는 씨익 웃더니 '30'을 찍었다. 그 때 잠자코 흥정을 지켜보던 이철수 선생이 옥잔을 집어들고 휴대용 돋보기로 살펴보았다. 요리조리 살펴보고 한참을 조사하더니 보일 듯 말 듯한 흠을 찾아내 젊은이에게 보여주었다. 젊은이는 "헤헤" 웃더니 다시 '20'을 찍었다. 그러나 교수님은 완강했다. 겨우 1달러를 올려 10을 찍고, 또 외쳤다.

"라스트 프라이스!"

흥정은 성공했다. 근엄하신 교수님이 실크 로드 이래 닳고 닳은 티벳 상인의 후예를 어린이 다루듯 노련하게 주물렀던 것이다. 이런 방식으로 가족과 직원들에게 줄 선물을 한 보따리 샀다. 나를 위해서는 초등학교 국어책 만한 부처님을 한 분 모셨다. 얇은 주물인데 머리에 보관을 쓰시고, 왼손에는 도르제Dorje를 들었다. 도르제란 천상천하 어떤 물건도 일격에 박살내는 무시무시한 무기다. 우리말로는 금강저金剛杵라고 부르는데, 주로 무명無明을 깨고, 미망과 집착을 부수는 도구로 쓰인다. 얼굴과 손에는 지금을 입혔고, 연화대 위에 결가부좌하고 앉아 계신다. 어느 부처님인지 알 수 없어 답답했다. 도르제를 든 모습으로 보아 바즈라사트바Vajra Sattva가 아닌가 짐작된다. 우연히 흔들렸는데, 안에 무엇이 들어 있는지 구르는 소리가 들렸다. 숙소에 돌아오니 남녀 행상들이 뻔질나게 드나들며 물건을 권한다. 이미 살 것을 다 샀으므로 그들의 것을 팔아줄 수가 없었다.

바깥이 왁자지껄하여 나가보았더니 말쑥한 양복 차림의 신사와 푸른 제복에 푸른 정모를 쓴 사람이 중국 공안들의 호위 속에 나타났다. 현지 주민이나 여행객이나 한결같이 구질구질한 옷차림인데, 그들의 단정한 넥타이와 흰 셔츠는 무척 돋보였다. 상당히 지체가 높은 사람인 듯 공안들이 쩔쩔맨다. 그들은 인도인 참배객들과 오랫동안 이야기를 나누더니 악수를 교환하고 떠났다. 그 양복쟁이는 중국 주재 인도 대사이고, 제복의 사나이는 이 곳 경비 책임자 같다. 인도 대사는 어제 베이징을 떠나 라사에서 헬리콥터를 타고 날아왔다고 한다. 그렇다. 히말라야를 넘어 이 곳에 올 때까지 비행기를 한 대도 구경하지 못했는데, 이 곳 하늘에도 비행기가 뜨긴 뜨는 모양이다. 인도 대사는 분명 엊그제 파양에서 숨진 사람과 관계가 있을 것이다. 숨진 그 인도인은 바쁜 대사를 베이징에서 불러올 만큼 영향력이 큰 실력자였던 모양이다.

저녁식사 시간이 될 때까지 산에 올라간 최 박사와 이 선생이 보이지 않는다. 은근히 걱정이 되었다. 밤 8시쯤 최 박사가 먼저 돌아왔다. 아주 득의양양한 얼굴이다. 셀룽 곰파까지 갔다 왔다는 것이다. 어제 내가 올라간 곳을 가려고 했더니 가이드가 완강히 반대를 하더라는 것이다. 나중에 소남에게 확인해 보니 그 곳은 출입금지 구역이었다. 나는 속으로 뜨끔했다. 길에서 만난 스님과 미국인들이 셀룽 곰파를 왜 그렇게 권했는지를 비로소 알게 되었다. 그러나 스님들의 말을 내가 제대로 알아들었다면 아마 카일라스를 친견하지 못하였을 것이다. 이 선생도 조금 뒤 돌아왔다. 아주 밝은 얼굴이었다. 이 선생은 안쪽 코라를 돌았다고 환하게 웃었다. 최 박사는 셀룽 곰파에서 왔던 길을 되돌아갔지만 자기는 셀룽에서 갼드라크 사원을 거쳐왔다는 것이다. 그리고 여기 사람들은 그것을 안쪽 코라라고 부른다는 것이다. 내가 올라간 능선은 이 선생도 결국 오르지 못했다. 역시 가이드가 반대했기 때문이란다.

마나사로바의 큰 은혜

다르첸-마나사로바-호추

이제 다르첸을 떠나 돌아가는 길로 접어들었다. 아침 9시 마나사로바를 향하여 출발했다. 사흘 동안 묵어 정이 들어서일까, 아니면 남은 평생 언제 다시 이 곳에 올 수 있으랴 싶어서인지 서운한 감정을 속일 수 없었다. 이 곳에 올 때 통과했던 검문소를 지나 바로 오른쪽으로 꺾어들어 갔다. 넓고 넓은 카일라스 평야 또는 스와스티카 swastica 평야에 전신주가 무한대로 늘어서 있다. 이것이 카일라스를 위해 도움이 되는 것일까, 화禍가 되는 것일까. 도로가 뚫리고 전화선이 깔리면 개발이 시작되었다는 것을 의미하는 것이다. 개발이 진행되다보면 급속도로 오염되면서 카일라스의 신비도 사라질 판이다. 들판 위로 노루를 닮은 귀여운 짐승이 뛰는 것이 보였다. 부부에게 물으니 '나야' 라는 티벳 산양의 일종이라는 것이다. 앞으로도 영원히 이 스와스티카 평원에 나야들이 뛰어놀기를 마음 속으로 빌었다.

10시 반쯤, 온천이 있는 작은 마을에 도착했다. 바로 마나사로바 옆이다. 물가의 커다란 창고 같은 건물이 온천탕이다. 들어가 보니 일인용 一人用 욕조가 여남은 개 죽 붙어 있다. 타일을 붙인 욕조 위에 수도꼭지가 나와 있는데, 입구를 걸레로 막아놓았다. 걸레 조각을 빼면 그냥 물이 저절로 흘러나오게 되어 있다. 밸브도 필요없는 간단한 장치였다. 지붕에는 채광 창을 달아 아주 밝고 훈훈했다. 물이 나오기는 나왔으나 기운차지 못하고 힘이 없다. 그냥 미지근한 정도였다. 오히려 감기나 들지 않을까 걱정이다. 그래도 이것이 얼마만인가. 바가지에 물을 받아 몇 번 끼얹었다. 오랜만에 머리도 감았다. 그것만으로도 한결 개운해졌다. 지구상에서 가장 높은 곳에서 온천욕을 한 것이다. 이렇게 높은 곳에 뜨거운 물이 솟는다는 사실도 신기하기만 하다.

일행 전부가 온천을 마쳤는데도 바로 출발을 하지 않고 마냥 게으름을 피우다, 정오경 치우 곰파Chiu Gompa에 도착했다. 여기도 파드마삼바바가 주석했다는 곳이다. 우리나라의 유명한 절들이 원효 대사와 관련이 있다고 앞다투어 주장하는 것과 닮았다. 치우 곰파는 호수가 낮은 능선의 벼랑 끝 바위 위에 서 있다. 광활한 호수의 수평선 위에 우뚝 솟아 오색 다루초에 둘러싸여 빛나고 있었다. 코발트색 물빛과 누런 땅 색이 극심한 대조를 보이는 가운데 한 아름 꽃 떨기 같다. 마나사로바의 물에 손을 담가보았다. 그저 미적지근하다. 물풀들이 엉기정기 나 있고, 모기 애벌레 같은 유충들이 바글바글하다. 수평선의 끝은 보이지 않는다. 마치 바다 같다. 나이모나니가 백설 같은 몸 전체를 드러내 눈부시도록 황홀하게 빛을 발하며 몸매를 뽐내고 있었다.

햇빛이 무척 강렬하다. 지프의 그늘에 들어가 간단한 점심을 들었다. 김밥과 삶은 계란이다. 이제 이런 음식에도 익숙해져 식사 시간도 즐겁다. 계란의 고소한 맛이 오랫동안 입 속에 남아 있다. 육명심 교수와 많은 이야기를 나누었다. 카일라스의 개발과 땅의 오염 문제가 주된 화제였다. 이 곳의 오염은 거의 무방비 상태 같다. 버리기만 할 뿐 줍는 사람이 없었다. 도처에 비닐 봉지가 날고, 인분이 쌓여 있다. 아직까지는 유기화학적 오염 물질이 많지만 관광객이 증가하고 개발에 속도가 붙으면 무기화학적 오염 물질이 대량 발생할 것이다. 그 때 가서도 이처럼 깨끗한 하늘을 볼 수 있을지 걱정이다. 지역이 너무나 방대하고 험해서 인위적 공해방지 시설을 갖춘다는 것은 불가능에 가깝다는 생각이 든다. 설사 그것이 가능하다 해도 천문학적 비용이 들 터인데, 도저히 경제적 효과를 기대하기 어려울 것이다. 오로지 자연의 위대한 자정능력自淨能力에 맡길 수밖에 없을 것 같다.

점심 후 이 지방에서 가장 훌륭하다는 사진 촬영 포인트로 이동했다. 그저 평범한 언덕인데 커다란 다루초가 서 있다. 카일라스와 마나사로바가 아주 잘 보였다. 카일라스는 멀찍이 흰 눈을 뒤집어쓰고 위풍당당하게 솟아 있다. 그 밑으로는 탁 트인 스와스티카 평야가 시원하게 뻗어나가고 다른 한쪽은 마나사로바 호수가 푸른 바다처럼 펼쳐져 있다. 이것이 바로 하늘의 경치라는 생각이 들었다. 보이는 모든 것이 아름답고 찬란했다. 날씨가 너무 좋아 작가들이 투덜댈 정도다. 햇빛이 강하면 그림이 잘 안 나온다는 것이다. 그러나 나는 이런 날씨가 너무 고맙다. 광

마나사로바 근처, 호추

명 光明과 평화 平和가 온 천지 天地에 가득했던 것이다.

티벳이 중국에 강점되기 전까지 인도인들은 마나사로바의 히말라야 쪽 고개 리프렉을 넘어 카일라스에 들어왔다. 이것이 카일라스에 이르는 최단 最短 코스다. 이 곳 인도 국경에서 다르첸까지는 불과 104km밖에 되지 않는다고 한다. 이런 황금 코스가 중국 당국에 의해 봉쇄된 채 반 세기를 지나고 있다. 이 루트가 막혀 있기 때문에 카일라스 순례객들은 네팔, 중국의 국경인 코다리, 장무를 거치거나 라사를 통해 들어가 1,000km 이상 티벳 고원을 횡단해야 하는 것이다. 중국이 왜 리프렉 루트를 막았는지는 알 수 없다. 해마다 극소수의 인도 힌두교도들에게만 이 고개의 통과를 제한적으로 허용한다는 것이다. 이 고개를 왕래한 사람들이 남긴 기록을 보면 카일라스를 처음 보았을 때의 감격과 충격이 잘 나타나 있다. 높은 고개를 힘들게 올라오다 해발 5,100m의 리프렉 정상에서 만난 카일라스 일대의 풍경이 너무나 장엄했기 때문이다. 눈 덮인 성산의 웅장한 모습, 그 밑의 넓은 들, 비취빛 커다란 보석 같은 두 개의 호수가 넋을 잃게 만들었던 것이다. 이들은 고개를 내려와 푸랑(普蘭, Purang, 타크라코트)이란 마을에서 쉬고 굴라만다타와 마나사로바를 거쳐 카일라스 코라에 올랐던 것이다. 푸랑에는 네팔로 빠지는 샛길도 있으나 역시 봉쇄된 것으로 알려지고 있다. 리프렉의 봉쇄가 풀리면 서울에서 카일라스의 여행도 열흘 이내로 단축될 것 같다.

오후 3시쯤, 호추 Horchu의 소남 호텔에 들어 짐을 풀었다. 오늘 일정은 이것으로 끝난 것이다. 소남 호텔은 티벳에 들어와 묵은 호텔 중에서 가장 깨끗했다. 비록 흙집이지만 새로 지은 건물이라서 실내가 밝고, 이부자리도 보송보송하다. 심 회장, 안 사장, 이해선 선생이랑 룸메이트가 되었다. 안채에는 식당이 따로 있었다. 이 선생이 제안을 했다. 마나사로바 모래 사장이 바로 이 근처인데 구경을 가자는 것이다. 육명심 교수와 이철수 선생도 함께 갔다. 지프로 20분쯤 달렸다. 길은 아주 좋다. 작은 구릉을 넘자 마나사로바의 길다란 종단 모습이 햇빛에 무수히 반짝이며 땅에서 떠오르듯 우리를 맞이했다. 수평선이 하늘에 닿도록 끝이 보이지 않는다. 모래 사장도 매우 넓었다. 폭이 200m 이상이 될 듯싶다. 약간 검은빛의 고운 모래가 두껍게 깔려 있다. 그러나 물가에 다가갈수록 음식 찌꺼기와 먹다 버린 뼈들이 함부로 널려 있었다. 인도인들이 야영하다 떠난 장소라고 한다. 부부는 또 수건으로 등을 문지르는 흉내를 내보이며 인도인들이 이 성스런 호수에서 목욕하는 것을 비난했다.

잔잔한 물결이 이는 물가에 앉으니 엉덩이가 따뜻해진다. 나는 그 느낌이 너무 좋아 그냥 길게 누워버렸다. 검은 안경을 썼어도 하늘을 쳐다보기가 겁났다. 구름 한 점 없는 하늘에 태양이 작렬하고 있었기 때문이다. 모자로 얼굴을 가리고 빨래처럼 누워 있었다. 따뜻한 온기가 온 몸을 양초처럼 녹이는 것 같았다. 아침에 온천도 하고 지금 여기서 모래찜질도 하니 그야말로 호강이 겹쳤다. 수박 향 같은 물내음이 풍긴다. 나른한 피로가 가시고 몸이 둥둥 뜨는 기분이 들기에 일어나 결가부좌

이해선 사진, 마나사로바

를 했다. 육 교수는 이미 정定에 들어간 듯 호수를 마주하고 미동도 없다. 이철수 선생은 부지런히 카메라에 풍경을 담고 있다. 카일라스는 여기서도 선명하게 보였다. 갈매기 같은 새들이 물 위를 스치듯 날아오른다. 나는 눈을 감고 만트라mantra를 떠올렸다. 순식간에 초월에 이르고 기쁨bliss이 찾아왔다. 시디 수트라sidhi sutra도 한 바퀴 돌렸다. 마음은 활싹 깨이고 황홀한 기쁨이 고조되더니 마침내 폭발했다. 강렬한 진동 Hopping이 찾아왔던 것이다.

천천히 눈을 떴다. 먼저 흰빛이 번쩍하더니 푸른빛이 왈칵 쏟아져 들어왔다. 호수는 여전히 반짝이고 있었다. 육안으로 보이는 세상도 아름다웠다. 왼쪽의 나이모나니가 백설 같은 피부를 자랑하며 석양의 햇살을 받아 빛나고 있다. 카일라스가 멀리서 이를 바라보고 있다. 내가 이렇게 풍경에 취하여 넋을 잃고 있는 모습이 용케도 카메라에 잡혔다. 이해선 선생의 선물이다. 나중에 이 사진을 보고 나서야 내가 얼마나 마나사로바의 큰 은혜를 입었는지를 알게 되었다. 나는 이 사진을 책상머리에 얹어놓고 틈날 때마다 들여다본다. 내가 정말 저 곳에 다녀온 것일까 하고 믿어지지 않는다.

육 교수가 나의 속마음을 알아차렸는지 자꾸 호수에 들어가 목욕을 하라고 권한다. 부부가 인도인들을 흉보는 바람에 주눅이 들었지만, 나는 사실 미련을 버리지 못하고 있었던 것이다. 그것을 교수님이 알아챈 것이다. 이철수 선생도 작품을 만들고 싶다면서 나에게 모델이 되어달

154

라고 부탁한다. 물론 이것은 나를 벗게 만들려는 핑계일 것이다. 이해선 선생도 우리가 하는 수작을 간파했는지 어디론가 사라졌다. 나는 알몸이 되어 물 속으로 들어갔다. 공기는 부드러웠으나 물은 의외로 차가웠다. 햇빛이 따가워서 다행이었다. 머리에서 가슴까지 골고루 적시고 물 속으로 몸을 숨겼다. 물맛이 약간 짭짤하다. 이철수 선생이 자꾸 물 속으로 끌고 들어갔다. 50m쯤 들어갔는데도, 수심은 겨우 무릎에 찰 정도였다. 물 속이 오히려 따뜻했다. 물 속에 앉아 목만 내놓고 카일라스와 나이모나니와 수평선을 골고루 감상했다. 이 거룩한 모습들은 모두 지형紙型처럼 나의 뇌리腦裏에 박혔다. 해는 석양으로 바뀌었지만 여전히 강렬했다. 눈이 부시다. 갈매기 같은 새들이 머리 위에서 날고 있다. 햇빛이 이렇게 반사하는데 어떻게 사진을 만들지 궁금하다. 이렇게 한 20분가량 물 속에 붙들려 있었다. 물가에는 모기 떼가 극성을 부렸다. 여기 모기는 크기가 파리 만하다. 이 깨끗한 물에 모기가 들끓다니 이상한 일이었다.

저녁 7시가 다 될 때 우리는 호수를 떠났다. 돌아오는 차 중에서 이철수 선생에게 우스갯소리로 모델료를 달라고 청하니까 "얼굴은 안 보이고 뒷통수만 약간 보일 터인데 무슨 모델비냐" 한다. 이 선생은 진짜 작품을 연출했던 모양이다. 산과 물과 해와 사람을 저녁 나절의 엷은 광선에 섞어보았다고 말한다. 그리고 지금까지 여행하는 동안 모든 사진을 죄다 흑백으로만 촬영했다고 밝혔다. 참으로 프로다운 특이한 고집이다. 그리고 사진을 갖고 싶으면 술 한 병 들고 전주로 내려오란다. 저녁식사 때는 반주가 돌았다. 이제는 고산증에 적응도 되고, 카일라스와

마나사로바의 촬영 작업도 잘 마치고 돌아가는 길이므로 마음이 홀가분
해진 모양이다. 조 신부님이 가장 원기왕성하다. 나는 스웨터를 입고서
도 추위를 느끼는데, 신부님은 늘 반팔 티셔츠 차림이었다. 그리고 걸음
걸이도 제일 가볍다. 술은 서울에서 가져온 팩 소주였다. 나도 한 잔은
마셨으나 그 이상은 웬일인지 마시기가 싫어졌다. 술 실력도 신부님이
으뜸이있다.

밤 10시쯤, BBC를 청취한 유인걸 사장이 섬뜩한 소식을 전한다. 서
해 연평도 근처에서 북한군과 교전이 벌어져 우리 쪽 군인 다섯이 전사
했다는 것이다. 서울은 지금 월드컵 4강 진출로 흥분의 도가니일 터인
데 어이없게 살벌한 소식이 전해진 것이다. 축구도 4강전에서 터키에
패한 것 같다고 유 사장이 말했다. 카일라스와 마나사로바로 한껏 부풀
었던 마음이 썰렁해졌다. 그러나 우리가 이 티벳 고원에서 무엇을 할 수
있겠는가. 새삼스럽게 서울과 티벳 간의 거리가 멀게 느껴졌다. 안 사장
이 들어오면서 밤하늘의 별 좀 보라고 권하면서 망원경을 챙겨나간다.
하늘은 정말 별들로 만원이었다. 소리는 들리지 않았지만 웅장한 오케
스트라 같다. 그 중에서 금성이 가장 빛났다. 망원경으로 보니 메추리알
만한 보석이 새파랗게 돋보인다. 요기妖氣가 서린 빛이다. 그 금성에서
여기를 내려다보면 어떤 모습일까? 귀중한 세월을 아귀다툼으로 보내
는 인간의 일생이 한심하게 보이지는 않을까.

고산증

호추의 아침은 찬란했다. 나보다 더 부지런한 작가들은 벌써 마을 밖으로 나가 나이모나니를 촬영하고 있었다. 그 설산은 이제 막 떠오르는 태양의 빛을 받아 오렌지색으로 빛나고 있다. 빈 들판에는 아직도 어둠이 남아 있었으나 하늘은 한낮보다 더 푸르다. 작가들은 시간의 흐름을 잊고 있나보다. 내가 가까이 다가가도 눈길조차 주지 않는다.

아침식사 중이었다. 최 총무가 헐레벌떡 식당으로 들어서며 자기 룸메이트 한 분이 쓰러졌다고 전한다. 얼른 가보았더니 60대 초반의 노인이 바닥에 비스듬이 넘어져 있었다. 국에 만 밥그릇도 튕겨져나가 밥풀이 사방으로 튀었다. 침상에 눕히고 사지를 주물렀다. 심 회장이 날 보고 "그 침, 어쨌어?" 한다. 나는 파양에서 얻은 수지침을 깨끗한 종이에 싸서 조끼주머니에 넣어다니고 있었다. 심 회장이 또 명령(?)했다. "어서 찔러요." 나는 순간 멈칫했다. 내가 침을 잘못 놓아 악화되면 어쩌나…. 심 회장이 재촉했다. 그는 계속 노인의 사지를 주무르고 있었

157

다. 엄지손톱을 찔렀다. 새까만 피가 솟아났다. 이어서 나머지 손가락도 다 찔렀다. 이 침은 끝이 불과 5mm 남짓해 아무리 세게 찔러도 큰 상처는 나지 않을 것 같다. 노인의 입술은 짙은 가지색이었다. 다행히 그 분은 깨어났다. 그리고 무척 부끄러워한다. 상처도 없이 얼굴도 깨끗하다.

조 신부님은 휴대용 혈압계를 지니고 다녔다. 쓰러진 분의 혈압은 높은 쪽이 140 정도로 위험할 수준은 아니라고 한다. 그러나 심장 박동수가 110이나 되었다. 심장 박동이 문제를 일으킨 듯하다는 것이 신부님의 말씀이었다. 일행 모두가 혈압을 재보았다. 나의 혈압은 110에 72였다. 심장 박동수는 평소보다 높은 81이 나왔다. 나의 평소 심장 박동수는 50 안팎이다. 콜라색 소변은 한 번만 나오고 그 날 저녁부터 정상적인 색깔로 돌아왔다. 특별히 어디가 아픈 곳은 없었다. 두피頭皮가 뜨끔거리는 증상도 가라앉았다. 다만 얼굴이 퉁퉁 부어 보기가 몹시 흉해졌다. 수염도 깎지 않아 몰골이 험하다. 기압이 낮아서인지 진공 포장한 사탕 봉지가 맹꽁이 배처럼 부풀어져 있다. 내 얼굴도 그렇게 부어서 작은 눈이 더 작아지고 가늘어졌다. 이런 괴상한 모습을 누가 볼까 두렵다.

히말라야의 파노라마는 다시 보아도 장쾌하다. 마치 처음 보는 듯 장면 장면이 변화무쌍하다. 카일라스로 들어갈 때 사흘이나 줄곧 본 풍경이건만 모든 것이 새롭다. 낮 한 시쯤, 히말의 웅장한 산세를 바라보며 점심을 들었다. 컵라면과 계란 한 알이었다. 나는 물을 많이 마셨다. 자꾸 물이 당겼던 것이다. 그래서 미네랄 워터, '라사신수拉薩神水'를 주머니에 넣고 다니면서 계속 마셨다. 아침에 쓰러졌던 그 분은 소변이 잘 나오지 않아 고생하는 것 같다. 내가 몇 번 부축을 하면서 보았는데 그냥 몇 방울 떨어지다 만다. 가지고 있던 '다이나막스(이뇨제)'를 그 분에게 다 드렸다. 그래도 사태는 별로 호전되는 것 같지 않았다. 그러나 다행히 아무런 후유증 없이 잘 견디고 있었다.

저녁 6시쯤 파양에 도착했다. 올 때 묵은 곳은 아니지만 방의 구조와 시설은 똑같았다. 숙소 앞 토방 같은 곳에서 십여 명의 티벳인들이 식사를 하고 있었다. 차린 것은 간단했다. 우리나라 백설기와 같은 마른 떡과 육포 같은 것들을 뜯어먹고 있었다. 그 중에는 놀랍게도 한국 여승 둘이 끼여 있었다. 나이는 가늠할 수 없었지만 애띤 얼굴이다. 얼굴이 희고 맑아 금방 표가 났다. 티벳 승려들이 두르는 싯누런 승복을 입었다. 심 회장이 물었다.

"어디 가십니까?"
"카일라스에 갑니다."
"언제 오셨어요?"
"한 달 전에 와 라사에서 지냈습니다."
"이렇게 두 분이서 여행하면 위험하지 않습니까?"
"여기서는 중을 잘 보살펴줍니다. 서울보다 안전하지요."
"무얼 타고 가나요?"

스님들은 마당 한쪽에 서 있는 트럭을 손으로 가리켰다. 그리고 건장한 티벳인 남자와 무슨 말인가를 주고받는다. 그가 트럭의 운전기사라고 한다. 이 곳에서 운전기사는 보통사람과 신분이 다른 것 같다. 수입도 많고 존경도 받는 부러움의 대상이다. 고원 한가운데에 들어서면 누구나 운전기사에게 운명을 맡길 수밖에 없다. 차가 고장나도 그렇고, 승객이 아파도 그렇다. 그들은 라사에서 트럭을 타고 예까지 온 것이다. 트럭의 짐칸 양쪽에 긴 나무의자를 붙이고 가운데에는 여행자들의 짐을 실었다. 트럭이 지프보다 이 험한 길에 더 안전할 수도 있을 것이다. 그러나 쿠션도 없는 나무의자에 앉아 1,300km를 간다는 것은 생명을 건 모험이랄 수 있다. 찜통 더위 탓인지 포장도 치지 않아 직사광선과 먼지를 고스란히 맞을 수밖에 없다. 음식도 부실하고 잠자리마저 불편하여 우리 같은 약골로서는 감당할 수 없는 고역이다. 그런데도 이 연약한 여승들의 얼굴에는 지치거나 불안한 기색이 전혀 없었다. 밝은 얼굴에 생글생글하며 심 회장의 말을 받아넘기고 있었다. 스모그가 짓누르는 서울 한복판에서 살기 위해 아귀다툼을 벌이는 동안 이렇게 살아가는 젊은 스님도 있었던 것이다.

고원에 나타난 탱크로리

제 1 0 일 2 0 0 2 년 7 월 1 일 월 요 일 맑 음
파양-사가

아침 8시에 조반을 들고 9시에 사가로 떠났다. 12시쯤 쭝바를 지나고 낮 한 시, 들판에서 점심을 들었다. 동펑 Dong Peng이라고 붉게 쓴 탱크로리 두 대가 지나갔다. 길바닥이 푹푹 패인다. 연료가 잔뜩 들어 있는 듯 굉장히 무거워보인다. 이 곳에서도 이제 화석 연료를 때기 시작한 것이 틀림없다. '서부지역지질대탐사'라고 쓴 포장을 둘러친 트럭도 보였다. 어떤 냇가를 지날 때는 'DAEWOO'라고 큼직하게 표시된 중장비도 보였다. 그들은 말라버린 강바닥에서 자갈을 퍼내고 있었다. 시멘트 다리가 세워진 개울을 만났다. 이 시멘트 다리는 양쪽 연결 도로가 모두 유실되어 다리 구실도 못하고 횡뎅그레하니 서 있다. 할 수 없이 물이 흐르는 개울을 그냥 건너야 했다. 나는 퍼뜩 깨달았다. 이 곳은 아무리 힘써 개발을 해도 성과가 없을 것이라는 점을. 다리를 놓고 도로를 포장해도 큰 물이 한 번 지면 몽땅 쓸려내려갈 것이 뻔하다. 웬만한 건물은 바람과 태양과 혹한을 견디지 못하고 쪼개지거나 깨질 것이다. 연결도로가 끊겨 제 구실을 못하는 저 다리가 이 점을 웅변

하는 듯하다. 공연히 함부로 개발해서 산천을 건드리지 말라는 자연의
경고로도 보인다.

오후 4시 15분, 사가에 도착했다. 숙소는 갈 때 묵었던 '사가정부초
대소'였다. 아직 해가 중천에 떠 있다. 드럼통의 물을 떠 발을 닦았다.
사가 시내를 둘러보기 위해 최병철, 이해선 선생, 최영 박사와 함께 나
갔다. 초대소 옆 구멍가게에서 인도인들이 전화를 거는 모습이 보였다.
전화기에 국제전화 기본요금이 50 위안이라고 써 있다. 서울 집에 전화
를 하려고 차례를 기다렸다. 내 앞에 인도인이 둘이나 서 있다. 15분을
기다려도 송수화기를 든 인도인의 통화는 끝나지 않는다. 뒤에서 기다
리는 사람을 보고도 아랑곳하지 않는다. 속이 끓어오르는 것을 억지로
참았다. 어디 음식점 같은 데에 일행을 안내해 놓고 다시 오기로 했다.
이 선생이 작년에 이 곳을 지나면서 식사를 했던 곳을 찾아냈다. 입구는
엉성했으나 안으로 들어가니 널찍하고 시원했다. 주인장은 우리를 보고
도 아는 체도 하지 않는다. 할 수 없이 아무 데나 앉았다.

음식을 청하려 해도 말이 통하지 않는다. 메뉴판은 있었으나 어떤 종
류의 음식인지도 알 수가 없었다. 이 선생이 마파두부를 청했다. 나는
맥주를 주문했다. 맥주는 시원했다. 맛이 아주 훌륭하다. 상표에 '라사
맥주拉薩啤酒', 세계에서 가장 높은 곳에서 만든 맥주라고 써 있다. 그럴
듯한 말이다. 그 때 젊은 여자 셋이 우리 옆자리에 앉더니 쉴새없이 떠
든다. 짧은 머리에 선글라스를 쓰고 몸에 꽉 조이는 청바지를 입었다.

티벳에 들어온 이래 한 번도 보지 못한 도시의 패션이다. 품행이 불량해 보인다는 점을 빼면 서울 아가씨들 차림과 다를 바 없다. 누군가가 이 곳 군인들을 상대로 한 콜걸 같다고 말했다. 모두가 평등한 대접을 받는 공산주의 국가에 콜걸이라니, 도무지 믿어지지 않는 말이다.

이 곳 사가는 천혜의 군사 요충지였다. 방어를 위한 진지로서는 이만한 곳을 찾기 드물 것이다. 앞으로는 얄룽창포 강이 도시 전체를 가로막고 호호탕탕 흐르고 있으며, 뒤로는 높은 산이 빙 둘러싸고 있다. 나루를 걷고 고개를 막으면 어떤 적도 들어올 수 없을 것 같다. 사가를 지나 인도와 파키스탄 국경까지는 광막한 들판이다. 들판에서는 적을 방어하기 힘들다. 그리고 이 곳은 네팔로 넘어가는 교통의 요지이기도 하다. 여기서부터 상상, 라쩨, 시가체 등 티벳 심장부로 통하는 길은 모두 험악한 산악 도로다. 따라서 이 곳에 부대를 배치하는 것이 긴요하다는 것쯤은 나 같은 문외한이라도 쉽게 알 수 있는 일이다. 실제로 얼마나 큰 부대가 주둔하고 있는지는 몰라도 아침 저녁 나팔 소리와 점호 소리가 요란했던 것이다.

가게에 다시 가보았다. 여전히 인도인들이 전화통을 잡고 있었다. 그들 셋이서 번갈아 전화를 쓰는 모양이다. 내가 난처한 모습을 보이자 그 중 하나가 전화를 양보했다. 다행히 아내가 나왔다. 집에 별 일 없었고, 회사에서도 연락온 것은 없었다고 한다. 고마운 일이었다. 해발 4,500m의 티벳 오지에서 서울에 있는 가족과 바로 곁에 있는 사이처럼 이야기를 나눈 것이다. 이렇게 편리한 문명이 어째서 자연을 파괴하고 인간을 타락시키는지 야속한 일이다. 다시 음식점으로 가서 맥주를 계속 마셨다. 내가 안주를 하나 더 청했는데, 너무 매워서 먹을 수가 없었다. 맥주 세 병, 안주 세 접시에 105위안이었다. 모두들 위험한 곳을 빠져나와 안전한 곳에 도착했다는 홀가분한 표정이었다.

산의 저쪽에서 이쪽으로

제 1 1 일 2 0 0 2 년 7 월 2 일 화요일 오전 한때 비
사가 – 라체

오늘은 이제까지 우리를 먹여주고 안내했던 랜디와 헤어져야 한다. 랜디 일행은 여기서 니얄람을 거쳐 장무, 코다리로 빠져 네팔로 돌아가고, 우리는 시가체를 거쳐 라사로 가야 되기 때문이다. 랜디는 식량과 장비를 운송했던 트럭을 타고 얄룽창포 강을 건너 우리가 지나왔던 길을 되돌아가는 것이다. 랜디와 식당 보조원 두 사람, 트럭 기사들이 손을 흔든다. 식당 보조원 하나는 스물도 안 된 청년 같은데, 아무리 힘들어도 얼굴에 웃음을 잃지 않았다. 키는 랜디보다도 작았다. 계집아이 단발처럼 챙 없는 모자를 눌러쓴 듯한 그런 머리 모양을 한 채 이마에 붉은 수건을 말아서 동여매고 다녔다. 그 청년은 손을 흔들면서 계속 웃었다. 가슴이 뭉클해졌다. 그 동안 밤잠을 못 자면서 우리를 위해 밥을 지어주고 도시락을 챙겨주었던 것이다.

날씨는 잔뜩 흐려 빗방울이 떨어졌다. 시내를 벗어나자마자 바로 검문소가 있었다. 한쪽은 얄룽창포 강이 넘실대고 또 한쪽은 깎아지른 벼

165

랑이다. 그 벼랑 아래 군 부대와 검문소가 있었다. 개미 새끼 한 마리 빠져나가기 힘들게 생겼다. 이제부터는 소남 혼자서 우리 일행을 보호해야 한다. 소남이 우리 여권을 거두어 운전기사들과 함께 검문소 안으로 들어갔다. 나는 차에서 내려 흐르는 강을 바라보았다. 회색빛 강물이 일렁일렁 춤추면서 쉼없이 흐른다. 강물 위에는 안개인지 구름인지, 흰 덩어리들이 피어오르고 있다. 물새들도 많이 난다. 부대 안 연병장에서는 군인들이 구령을 붙여가면서 제식훈련을 하고 있었다. 30분쯤 지나 우리는 검문소를 통과했다. 이해선 선생은 군인들이 의외로 빨리 풀어주었다고 다행스럽다는 표정이다. 우리처럼 단체로 여행을 하지 않고, 배낭여행하듯 혼자서 이 곳을 찾은 사람들은 아주 엄격한 조사를 받는다고 한다. 그래서 중국 비자와 티벳 여행 허가는 물론이고 변경여행허가 邊境旅行許可(카일라스 여행 허가서)를 별도로 받아야 탈이 없을 것이라고 누누히 강조한다.

길에는 가끔 자전거와 경운기가 보였다. 그러나 곧 평지를 버리고 산으로 치닫는다. 민둥산을 지그재그로 한없이 올라간다. 주위에는 아무것도 보이지 않는다. 이제까지는 장무에서 니얄람 사이만 벼랑길로 몹시 험했을 뿐, 그 후로는 모두 평지나 다름 없었다. 가끔 고개를 만났어도 이처럼 가파르지는 않았던 것이다. 그런데 이 곳은 달랐다. 우리는 개명된 세계로 나가는 것이 아니라 거꾸로 첩첩산중으로 들어가는 기분이었다. 고갯마루에는 역시 다루초가 기다리고 있었다. 해발 5,000m쯤 되는가 보다. 내가 정확히 알아들었는지 몰라도 부부는 이 곳을 '다룽

166

이해선 사진, 야크, 사가 근처

패스'라고 말했다. 음산한 하늘에 차가운 바람까지 불었다. 기사들이
또 지전 같은 종이 뭉치를 한 줌 뿌렸다. 내려가는 길도 만만치 않아 보
인다. 목재를 잔뜩 실은 트럭이 깨지는 소리를 내며 올라오고 있다. 서
로 아슬아슬 간신히 피해 갔다. 골짜기로 내려오자 넓은 평야가 기다리
고 있었다. 길은 잘 닦여 있었으나 군데군데 결정적으로 잘려나간 데가
많다. 진창이나 수렁이 길을 끊어놓은 것이다. 장마가 지면 이 곳은 호
수로 변한다고 이 선생이 알려줬다. 작년 여름, 이 곳을 지나다 발이 묶
여 야영을 할 수밖에 없었노라고 그 때의 고생을 이야기했다.

"어머! 저 야크 좀 봐" 하는 소리에 돌아보니 커다란 몸집의 야크 하
나가 풀밭에 서 있다. 이 선생은 차를 세우고 카메라를 챙겨 내려갔다.
겁도 없이 야크 10m 가까이 접근해 카메라의 셔터를 부지런히 누른다.
야크는 신통하게도 꼼짝하지 않고 그 자리에 서서 이 선생의 모델 노릇
을 아주 잘 해주고 있었다. 갈기에 긴 털이 촘촘하게 늘어졌다. 반대로
등에는 털이 빠져 듬성듬성하다. 위풍당당하다. 너희들 인간이 나를 어
쩔 셈이냐는 투다. "전형적인 야생 야크군요. 이런 야크는 여기서도 보
기 드물거요." 이 선생이 상기된 표정으로 말했다. 이 선생은 'yak'를
자신의 전자우편 ID로 쓸 만큼 야크의 팬이다. 우람하고 묵직해서 믿음
직하다는 것이다. 고개를 하나 넘어가니 목부가 양 떼를 몰고간다. 혼자
서 수백 마리를 일사불란하게 다룬다. 아무런 도구도 없다. 다만 휘파람
과 작은 회초리뿐이다. 그가 우리를 보고 빙긋 웃는다. 나이는 쉰이 넘
을 듯. 길쭉한 모자에 앞치마 같은 겉옷을 둘렀다. 그 앞치마 위에는 둥

168

근 쇠장식이 절그럭거렸다.

　도로를 보수하는 사람들이 자주 눈에 띄었다. 경운기에 모래와 자갈을 부지런히 실어나른다. 부인들도 섞여 있었다. 길 한쪽에 자갈 더미를 쌓아놓았다. 옛날 나의 시골길 모습과 흡사하다. 그 때 역시 길섶에 자갈을 모아두었다가 유사시에 끊어진 길을 메우는 데 썼던 것이다. 꽤 큰 자동차수리 공장도 지났다. 여기서는 자동차를 기차汽車라고 쓴다. 청년들 십여 명이 웃통을 벗고 일을 하고 있다. 한참 기세 좋게 달리던 부부가 차를 세웠다. 양 옆이 탁 트인 넓은 들판이었다. 뒷차 하나가 고장인 듯싶다. 기사들끼리 의논하더니 지프 한 대가 부부를 태우고 온 길을 되짚어 달려갔다. 아무래도 큰 고장 같다. 한 시간이 지났는데도 소식이 없다. 소남이 점심을 나누어주었다. 삶은 감자 한 개와 계란 두 개였다. 랜디가 마지막으로 만들어준 도시락이다. 역시 햇빛을 가려줄 나무가 없어 지프의 그늘에 옹기종기 앉아서 점심을 들었다. 소남에게 궁금한 것을 물었다. 올해 스물한 살이고, 라사에 살고 있으며, 열네 살 때부터 영어를 배웠다는 것뿐, 그 이상은 대답을 하지 않는다.

　땅바닥에 누워 잠을 청하는 사람도 있다. 나는 주위를 돌아다니면서 돌을 주웠다. 대부분 주먹 만한 잔돌들이다. 까만 돌, 회색 돌, 붉은 돌, 흰 돌 등 가지가지다. 모두 표면이 매끈매끈하다. 원래는 집채 만한 큰 바위였는데, 수억 년을 구르고 굴러서 이렇게 작아져 반들거리고 있는 것은 아닐까. 돌과 돌 사이로 작은 꽃들이 얼굴을 내밀고 있었다. 분

홍꽃은 나팔꽃 비슷하다. 바이올렛을 닮은 보라색 꽃은 이파리가 고사리 같은데 무척 억세다. 꽃잎이 다섯 개 달린 노란 꽃, 자세히 보아야 겨우 보이는 흰 꽃 등 형형색색이다. 하나를 뽑아보았더니 줄기가 툭 끊어졌다. 땅을 파보았다. 뿌리가 30cm는 족히 될 정도로 길었다. 돌들은 모두가 평범해 보여 그냥 버렸다. 그런데 정작 내가 앉아서 점심을 들던 그 자리에 이상한 돌이 있었다. 역시 주먹 만한 크기인데, 정확하게 두 쪽으로 갈라진 채 서로 붙어 있는 신기한 모습이다. 갈라진 틈은 5~6mm쯤 되는데 빗살처럼 가는 실기둥이 촘촘하게 돋아 있다. 나는 이 돌에 두 개의 우주라는 이름을 달았다. 음陰과 양陽으로 해석하고 싶었기 때문이다.

이철수 선생이 저만치 떨어져 야크 똥을 모아 불을 피웠다. 가냘프고 푸른 연기가 피어나는가 싶더니 곧 빨간 불덩이로 변했다. 차가 고장나서 두 시간이나 흐르는데도 걱정하는 사람이 없다. 모두가 이상할 정도로 태연했다. 걱정해 본들 또 어쩌겠는가. 들판 끝에서 까만 점 두 개가 움직이는 것이 보였다. 그것은 사람이었다. 그들은 30분도 안 되어 우리가 쉬는 곳에 이르렀다. 느릿느릿한 동작으로 보이지만 상당히 빨랐다. 늙은 부인과 애띤 처녀다. 부인은 처녀처럼 굵은 머리를 길게 땋아내렸다. 깊은 주름이 마른 논 같이 갈라졌다. 납작한 코, 높은 광대뼈, 누런 이빨, 볕에 탄 얼굴, 남루한 옷차림 등 선사시대의 인물이 되살아난 듯하다. 몸 전체에서 생활의 고달픔이 절절히 묻어났다. 메고 온 망태기를 열어 플라스틱 막걸리통 같은 것을 내민다. 비릿한 것이 양 젖이 들어 있는 것 같다. 내가 고개를 흔들자 구슬이랑 염주를 내보인다. 이철수 선생이 옆구리에 찬 주머니를 가리키자 그것을 또 열어보인다. 바늘과 실, 조그만 칼이 들어 있었다. 전형적인 가정주부 같다. 이런 고원의 험지에서도 생명의 맥을 이어주는 어머니의 고달픈 모습이다. 생활의 혹독함을 아직 경험하지 못한 딸은 철없이 곁에서 웃고만 있고.

3시쯤, 부부가 고장난 차를 고쳐 돌아왔다. 신부님과 박 회장과 안 사장이 마음 고생을 많이 한 듯하다. 우리는 바로 출발했다. 이번에는 폭이 30m가 넘는 진창이 앞을 가로막고 있다. 트럭이 건너가다 오도가도 못하고 중간에 멈춰서 있다. 트럭 승객들은 모두 마른 땅에 올라가 있었다. 구난차를 기다리나, 크레인을 기다리나, 기약도 없어 보인다. 물은 트럭의 바퀴까지 차오른다. 부부가 내려 세밀하게 살피더니 트럭 10여m 아래를 돌아 아슬아슬하게 진창을 건넜다. 언덕에서 구경하던 사람들이 일제히 박수를 쳤다. 차라리 사가에서 다르첸까지의 사막길이 좋았다. 이 곳 길은 잘 다듬어졌으나 군데군데 끊어져 차량 통행을 허락하지 않는다. 물론 차를 버리고 걸어가면 된다. 그러나 차가 없으면 4,500m의 산 속에서 고립되어 실종될 것이 뻔하다. 그래서 이 곳에서는 기사들이 망망대해를 항해하는 배의 선장과 같다. 그들의 판단과 결정은 승객의 안위에 결정적 영향을 준다.

진창을 간신히 벗어나 고개를 넘어 계곡에 이르니, 커다란 탑차 세 대가 개울 위에서 세차를 하고 있었다. 탑 지붕에 라사맥주拉薩啤酒라고 대문짝 만하게 그려놓았다. 탑차들이 서 있는 곳은 찻길이었다. 부부가 옆으로 우회하려다 빠른 물살에 넘어질 뻔하였다. 경적을 올려도 힐끗 돌아볼 뿐 도무지 비켜줄 생각을 하지 않는다. 우리의 기사들은 아무 말도 못하고 그들이 하는 짓을 그냥 보고만 있다. 서울에서 이런 일이 생겼으면 아마 욕설이 난무했을 것이다. 우리 일행 중 누군가가 참다못해 영어로 고래고래 소리를 질렀다. 그래도 그 트럭 기사들은 꿈쩍도 하지 않았다. 자기들이 할 일을 다 하고 나서야 슬그머니 움직였다.

오후 5시 반쯤 상상Sang Sang에 도착했다. 넓은 골짜기에 들어선 꽤 큰 마을이다. 집들도 깨끗하고 길도 널찍하다. 길가 빈 터에 한 무리의 사람들이 노숙을 하고 있다. 비가 간간이 뿌리는데, 천막도 없이 맨 땅에 누워 있는 사람도 보인다. 이제 방금 도착한 것인가. 애기를 안은 부인들도 여럿이다. 노인과 어린이들이 달려들어 손을 내민다. "마니, 마니…." 눈빛이 예사롭지 않다. 이제까지 보던 순진하고 호기심에 찬 그런 눈길이 아니다. 경계심도 다분히 섞인 차가운 눈초리다. 남자들은 양털 외투에 중절모를 썼고, 어린이들은 녹색 모자를 썼다. 여러 가족이 한꺼번에 이동하는 모양이다. 한쪽 가장자리에는 쓰레기 더미가 어른 키만큼 쌓여 있다. 그런데도 작가들은 무리 속에 들어가 열심히 찍었다. 마을 주변에는 이제까지 보지 못했던 큰 키의 나무가 몇 그루 보였다. 이파리가 벤자민 같이 생겼다. 이 선생은 이 나무가 유칼립 같다고 말했다. 유칼립은 지구의 북반구, 남반부, 열대, 온대 구분 없이 골고루 분포되어 살고 있다고 한다. 이제 밑으로 많이 내려온 모양이다.

저녁 8시 30분, 백하촌이란 간판이 서 있는 마을에서 잠시 쉬었다. 길가에 찻집이 있었다. 뜨거운 버터 차를 맥주잔 만한 큰 잔에 가득 따라준다. 중국식 컵라면도 먹어보았다. 포장이나 맛이나 우리 것보다 못하지 않다. 버터 차는 잔이 비면 계속 채워준다. 처녀 하나가 아예 주전자를 들고 곁에 지켜서 있다. 부부가 휴대전화를 꺼내 통화를 시도한다. 놀라운 일이다. 그러나 아직 연결이 안 되는 모양이다. 휴대전화야말로 이 지역에서 가장 긴요한 발명품일 것이다. 이 지역은 통신 문제만 해결되면 급속도로 발전될 것 같다. 혜택도 많겠지만 그 대가는 아마 편익을 능가할 정도로 혹독할 것이다. 휴대전화는 이미 폭발적으로 늘어나고 있다고 한다. 이들은 유선전화 시대를 넘어 바로 무선 시대로 진입할 작정 같다. 하기야 어느 세월에 이 방대한 지역에 통신 선로를 깔 것인가. 길섶에는 과꽃이 활짝 피어 있었다. 이제 우리는 다시 인간의 세계, 사바 세계로 내려온 것이다. 정토淨土의 불편은 사라지겠지만 속세俗世의 고苦가 기다리고 있을 것이다. 밤 9시 15분 라체Lhatse에 도착, 길가의 라체 호텔에 들었다. 제대로 된 침대에 흰 시트가 깔려 있다. 열흘 만에 처음 깨끗한 시트 위에서 잠을 청할 수 있게 되었다.

티벳의 꿈, 타시룽포 사원

제12일 2002년 7월 3일 수요일 한때 비
라체-시가체

7시쯤 일어나 거리 구경을 나갔다. 호텔 정문 앞이 바로 큰길이었
다. 거리에는 사람들 통행이 이미 많아졌다. 우리나라 중학생 또래
의 소년들이 손에 책을 들고 걸어가면서 중얼중얼 하고 있다. 한 학생만
그렇게 하는 것이 아니라 모두 다 손에 책을 들고 있었다. 가까이 가서
들여다보니 영어 교과서 같은데, 발음기호와 뜻을 깨알 같이 적어놓았
다. 이 곳은 도회지에 속한다고 하지만 아직 광막한 고원 사막의 가장자
리에 붙어 있는 산골 중에 산골일 뿐이다. 나는 깜짝 놀랐다. 무엇이 이
들로 하여금 이렇게 공부를 열심히 하게 만들었는가. 문명을 향한 필사
적인 몸부림이 아닐까. 그럴 것이다. 영어를 배우고 서양 학문을 익혀
출세도 하고 돈도 벌자는 열망이 틀림없을 것이다. 이런 열기라면 티벳
의 개발도 예상보다 빨라질 것이 확실하다. 게다가 티벳 청소년들은 예
로부터 공부를 열심히 하기로 유명하다. 라마가 되기 위해서는 그 어려
운 불경을 내림차순으로 읽고 오름차순으로 외우는 등 뼈를 깎는 수행
을 하지 않으면 안 되었다. 이렇게 힘든 공부를 마친다 해도 당대 최고

174

석학들의 논술 시험을 통과하지 못하면 라마가 될 수 없었다. 이런 학습 과정은 누구라도 예외가 없어 현재 인도에 망명 중인 14대 달라이 라마도 피할 수 없었다고 전한다.

오랜만에 맛있는 식사를 했다. 이제까지는 랜디가 한국 음식 비슷한 것을 만들어주었기 때문에 이 곳 전통 음식을 맛볼 기회가 없었던 것이다. 마파두부와 흰 빵, 야채 등 식단은 간단했지만 음식이 뜨끈뜨끈하고 깨끗했다. 차도 따뜻해서 서너 잔이나 마셨다. 지프에 짐을 싣고 출발 준비를 하는 동안 이웃 가게들을 둘러보았다. 거의 전부가 압력솥을 파는 가게였다. 이 곳은 기압이 낮아 압력솥이 아니면 밥을 지을 수 없다고 한다. 8시 반, 시가체로 출발했다. 비가 제법 내렸다. 라체 교외 들판은 온통 연두색이다. 우리나라의 초봄 같은 풍경이다. 우리 고향의 보리밭 비슷한 들판이 연출해 내는 생명의 색깔이다. 부부에게 물으니 "삼바"라고 한다. 내가 '참파'가 아니냐는 투로 일부러 "참파?"라고 되물었다. 그러나 부부는 여전히 "삼바"라고 부드럽게 발음했다. 삼바는 모두 패서 이삭을 내밀고 있었으나 아직 여물지는 않았다. 그래서 연두색이 더욱 진하게 보였던 것이다. 이 곳 주민들은 삼바 낱알을 갈아 가루를 내서 '차파티chapattis'라는 빵을 만든다. 차파티는 이스트와 소금기가 전혀 없는 이 곳 주민들의 주식이다.

비는 그쳤으나 뒷차 하나가 또 고장인 모양이다. 길 옆에 차를 세우고 고장난 차를 기다리기로 했다. 트럭에 사람들이 잔뜩 타고 지나간다. 옛

날 우리 동네 사람들이 장에 갈 때 얻어타던 그런 트럭의 모습이다. 유
채밭도 보이고, 유칼립도 많이 보인다. 노고지리 같은 새도 높이 날고
있다. 황량한 산등성이만 보이지 않는다면 우리나라 남도의 어느 산골
봄 풍경 같다. 농부와 어린이 하나가 검은 소를 몰고 나타났다. 소의 머
리와 목에 색실로 꼬은 줄을 매 무척 예쁘게 보인다. 방울도 달아 그 소
리가 유난히 정겹다. 작가들이 한꺼번에 달려들자 소가 놀라 뛰었다. 그
곁에는 송아지가 따르고, 주인장은 쟁기와 같은 보습을 지고 간다. 하늘
이 벗어지면서 푸른 빛깔이 드러나기 시작했다. 저 멀리 마을에는 여러
채의 집들이 흰벽을 드러내놓은 채 옹기종기 모여 있었다.

11시 반, 박태朴胎라는 곳에 차가 또 섰다. 이번에는 고장이 아니었다.
판첸 라마Panchen Lamas, 班禪喇嘛가 지나갈 예정이므로 그 행차가 나타날
때까지 기다려야 한다는 것이다. 우리 앞에 서 있는 차량의 행렬이 200m
도 넘을 것 같다. 정복을 입은 공안들도 여럿 보였다. 티벳에서 판첸 라마
의 지위는 달라이 라마에 이어 제2인자이지만, 종교적 권위는 한 수 위로
평가된다. 판첸 라마는 4·5대 달라이 라마의 스승이었고, 아미타불阿彌
陀佛, Amitabha의 화신化身으로 간주되기 때문이다. 이에 비해 달라이 라
마는 관세음보살觀世音菩薩(첸라지, Avalokiteshvara)의 화신이라고 믿는다.
지금의 판첸 라마는 아직 소년으로 중국 정부가 옹립한 것으로 알려졌지
만 티벳인들의 존경은 대단해 보인다. 불평 한 마디 없이 차분히 행차를
기다리고 있었던 것이다.

동남쪽 산 봉우리 위에는 폐허가 된 성이 보였다. 아라비안 나이트에나 등장할 법한 신비한 분위기를 풍기고 있다. 성은 절반가량 허물어졌지만 벼랑 꼭대기에 걸터앉아 있어 밧줄 없이는 접근조차 어려울 듯하다. 늙은 왕이 유폐되었다가 한을 품고 세상을 떠난 곳 같다. 길 옆으로는 가게와 음식점이 죽 이어져 있다. 개들도 많이 보였다. 길가의 찻집에서 또 즉석 사진 파티가 열렸다. 박순효 회장이 폴로라이드로 중년 부인의 사진을 찍어주었다. 부인이 놀라더니 금방 젊은 부인을 데리고 다시 나타났다. 부인들의 옷차림도 바뀌었다. 붉고 푸른 보석과 화려한 색상의 옷을 입고 나타나 박 회장을 졸랐다. 박 회장이 고개를 좌우로 흔들자 손가락으로 카메라를 가리키며 줄곧 따라붙는다. 사람들이 순식간에 모여들었다. 어른, 아이 할 것 없이 신기하다는 표정이다. 박 회장은 일부러 몇 번 애를 태우다 그들 모두에게 사진을 선사했다. 동네 부인들과 처녀들이 총 출동한 듯싶다. 덕택에 작가들은 이 곳 여성들의 성장한 모습을 원없이 카메라에 담을 수 있었다. 그리고 후덕한 박 회장은 이곳 여성들로부터 복을 많이 얻었을 터이고.

오후 한 시쯤, 외국인 대접을 해서일까. 공안이 우리 일행만 먼저 통과시켜주었다. 판첸 라마의 행렬을 잔뜩 기대했으나 시가체 Shgatse(日喀側 해발 3,500m)에 도착할 때까지 그들 일행은 만나지 못했다. 길은 아주 좋았다. 포장된 곳이 많았으며 길 주변의 풍경도 잘 사는 농촌 마을 그대로였다. 오후 2시 반, 시가체의 마나사로바 호텔(신호神湖 호텔, Manasarava Hotel)에 도착했다. 금칠을 한 솟을대문을 들어서니 넓은 주차장이 마련돼 있고, 호텔 현관 직원들의 영접이 정중하다. 별 다섯짜리 최고급 호텔이다. 중국식 풀 네임full name은 신호금행주루神湖金杏酒樓. 고원의 먼지에 절은 가방을 털고 닦느라고 종업원들이 바쁘다. 때묻은 등산화로 붉은 카펫을 밟으려 하니 미안한 마음까지 들었다. 대충 짐을 풀고 늦은 점심을 들었다. 맥주도 한 잔씩 했다. 햇볕이 다시 쨍쨍 내리 쬐고, 후끈후끈해졌다.

타시룽포 사원Tashilhungpo Monastery을 촬영하러 갔다. 호텔에서 불과 15분 거리였다. 길은 잘 포장되어 있고 중앙 분리대에는 벤자민인지 유칼립인지 가로수도 심어져 있다. 구상나무도 더러 보였다. 거리는 차와 자전거와 사람들로 붐비고, 광고 간판도 자주 눈에 띈다. 타시룽포 사원의 금빛 지붕이 오후의 햇살을 받아 찬란하다. 이 사원은 나지막한 산자락에 자리잡고 있는데다가 주위에 높은 건물이 없어 어느 곳에서나 잘 보였다. 사원 정문에 이르는 넓은 도로를 지나면 바로 사원의 대문에 다다른다. 여기서 입장권을 사서 안으로 들어가면, 그제서야 사원의 넓은 광장에 들어갈 수 있다. 광장 주변으로 수십 채의 건물들이 꽉 들어차 있다. 경주 불국사보다 더 큰 규모 같다.

타시룽포 사원은 1447년, 게둔 드룹Gedun Drup이 짓기 시작한 뒤 역대 판첸 라마들이 증축을 거듭해 티벳 불교 4대 종파 중 가장 세력이 큰 겔룩 Gelug파 派의 총 본산이 된 절이다. 티벳 불교의 4대 종파란 앞서 언급한 파드마삼바바의 닝마파Nyingma School, 마르파Marpa(1012~1098), 밀라레

178

파의 카규파Kagyu School, 쿵갸 갈첸Kungya Gyaltsen(사캬 판디타 Sakya Pandita 1182~1253)과 파파Phappa(1235~1280)의 사캬파Sakya School, 아티샤Atisha(?~1054)의 맥을 이은 총카파Tsongkhapa(1357~1419)의 겔룩파 등이다. 계둔 드룹은 총카파의 조카이자 제자로 초대 달라이 라마로 추대된 사람이다. 타시룽포에는 이 세상에서 제일 큰 미륵불Maitreya의 좌상이 모셔져 있다 해서 유명해진 절이다. 이 미륵불은 1914년, 제9대 판첸 라마가 4년에 걸쳐 조성했다고 안내책자에 써 있다. 높이가 26m에 달하고, 275kg의 금이 들어갔다고 기록에 전한다. 그 밖에 진주와 산호, 터키석과 호박 등 진귀한 보석으로 장식되었다지만 어두워서 잘 알 수 없었다.

사원 뒤로 네 개의 커다란 전각이 보이는데, 그것은 각각 미륵불과 제4대 · 제9대 · 제10대 판첸 라마를 모신 불전이다. 정면에서 가장 왼쪽의 미륵전은 참배객으로 가득 차 있었다. 문전에 종을 달아놓았다. 종을 세 번 울려서 참배하러 왔다는 사실을 먼저 아뢰는 곳이다. 불전은 캄캄해서 촛불을 많이 밝혀놓았다. 그래도 밝은 곳에서 금방 들어온 나에게는 어둡다. 이 때문에 처음에는 부처님의 모습을 잘 알아보지 못했다. 이해선 선생이 깨우쳐주지 않았더라면 나는 미륵 부처님을 코앞에 두고도 알현하지 못할 뻔했다. 부처님의 상호相好는 정말 거대했다. 고개를 냅다 뒤로 젖히니 그제서야 미륵님의 모습이 겨우 눈에 들어왔다. 결가부좌한 미륵불이 7~8층 높이의 건물에 꽉 차 있다. 촛불에 일렁이는 미륵 부처의 눈에 시선이 멎는 순간 나는 타임머신을 탄 듯 몽롱해졌다. 부처님의 무릎이며 엉덩이가 반들반들하다. 무수한 손들이 거쳐간 흔적일 것이다.

타시룽포 사원, 시가체

판첸 라마의 전각들에는 참배객이 많지 않았다. 특히 10대 판첸 라마의 전각은 텅 비다시피 한가하다. 그래서 오히려 내부를 자세히 볼 수 있었다. 등신불로 만들어 모셨다고 전하는데, 겉모양은 거대하다. 자세히 보니 벽에 많은 그림이 그려져 있다. 그리고 한켠에는 판첸 라마가 생전에 입던 옷들이 전시되어 있고, 곡식과 버터 항아리도 있었다. 밖으로 나와 바라보니 시가체 전체의 모습이 다 들어온다. 아주 큰 도시여서 도시의 끝이 보이지 않을 정도였다. 사원 건물은 돌과 벽돌로 쌓아올리고 흰 칠을 입혔다. 바닥에도 돌을 깔아 깨끗하다. 출입문이나 창문은 검은 테를 두르고 붉은 칠을 한 곳이 많다. 조각과 칠이 거친 듯하면서도 세밀하다. 마침 큰 재를 준비하는 듯 먹을 것을 산더미처럼 쌓아올리는 장면을 만났다. 3층짜리 전각들로 둘러싸인 사각형 뜰 한가운데에 빵과 과자, 과일을 층층이 쌓아올리고 꼭대기에는 통째로 삶은 양과 소를 실물 모습 그대로 매달았다. 인부들이 사다리를 오르내리며 정성을 다하여 쌓아올린다. 수백 명을 먹여도 남을 것 같다. 광장으로 나오니 자주색 가사를 걸친 스님들이 한꺼번에 쏟아져 나왔다. 대부분 젊은 스님들이다. 아마 수업이 지금 막 끝난 듯하다. 이상하게 손에는 방석 이외에 아무것도 든 것이 없었다. 정문을 빠져나가 시내로 들어서는 스님들도 여럿 보였다.

6시쯤 호텔로 돌아왔다. 이제부터는 자유시간이다. 육명심 교수와 이철수 선생, 이해선 선생과 함께 시장 구경을 나갔다. 우리나라 시골 장터와 똑같은 구조다. 양쪽으로 건물이 늘어서 있고 가운데 통로에는 노

타시룽포 사원, 시가체

점들이 줄지어 있다. 노점 위에는 포장이 쳐 있어서 비가 와도 옷이 젖을 염려가 없을 듯하다. 물건은 모두가 비슷비슷하다. 온갖 골동품과 잡동사니들이 모여 있다. 남자들은 잘 안 보이고 거의 다 아주머니들인데 무척 억세다. 흥정이 시작되면 좀처럼 놓아주질 않는다. 그냥 돌아서면 끝까지 따라와서 괴롭힌다. 소매를 잡는 것은 보통이고 멱살잡이도 마다하지 않는다. 달러를 주면 공식 환율의 절반도 안 쳐준다. 역시 여기에서도 '카시오' 계산기가 위력을 발휘한다. 정신없이 떠들고 수다를 떨어서 물건을 두세 개 사면 사뭇 헷갈린다. 그렇다고 안 사고 옮겨가면 결사적으로 따라붙으니 꼭 살 것만을 눈으로 찍었다가, 그 것 한 개만 사는 것이 상책일 듯싶다. 어느 시골 집에서 흘러나온 듯싶은 만다라, 어느 절에서 잃어버렸음직한 나무 경판, 구리 주전자. 옥잔, 구슬, 터키석과 호박, 페단트, 목걸이, 팔찌 등 별의별 물건이 다 있다.

저녁식사는 아주 훌륭했다. 예닐곱 가지 음식이 나오는 코스였다. 오이와 호박, 배추도 있었고, 후식으로는 메론과 수박이 나왔다. 맥주는 박순효 회장이 별도로 샀다. 종업원의 서브도 정중하고 세련되었다. 이 정도면 세계 어느 곳에 내놓아도 손색이 없겠다. 그런데도 객실은 텅 빈 것 같다. 우리의 저녁식사가 끝나자 레스토랑은 물론 모든 영업장의 불이 꺼졌다. 물 사정이 좋지 않은 것도 흠이었다. 더운 물은 나오다 말아서 간신히 머리만 감았다. 휴대용 면도기를 충전 전원에 꽂아놓고 잠이 들었다. 바로 몇 시간 전에 잠든 것 같은데 벌써 아침이었다.

라사의 권주가에 목이 메이고

제13일 2002년 7월 4일 목요일 한때 비
시가체 – 라사

오랜만에 수염을 깎았다. 다행이 물집이 생기거나 튼 곳은 없었다. 얼굴에 부기는 여전했지만 몸은 가뿐해졌다. 생기도 돌았다. 아침식사는 바이킹 식이었다. 계란 스크램블, 흰 빵, 만두, 베이컨, 감자, 오렌지와 토마토 쥬스, 수박과 메론 등 아주 풍성하다. 젊은 서양인 고객 서너 사람뿐 나머지는 모두가 우리 일행이었다. 비가 제법 세차다. 도로에는 교통경찰도 보였다. 10시쯤 길촌吉村Ji chun이라고 쓴 표지판을 세운 마을을 지났다. 길 옆에는 얄룽창포 강이 나타나 굽이치고 있다. 비가 그치고 강에서 피어오른 구름이 산을 감아 올라가고 있었다. 강물은 흙탕물과 맑은 물이 선명하게 갈라져 흐른다. 모두가 차를 세우고 이 희귀한 풍경을 카메라에 담기 바쁘다. 11시 반쯤 험한 고개를 넘었다. 아스팔트 포장은 찢겨나가고 수박 만한 돌들이 길 위에 수북하다. 산비탈에서 흘러내린 물이 길을 유린한 것이다. 간신히 고개를 넘자 길이 50m 정도의 짧은 다리가 나타났다. 30m 정도 아래에서 강물이 좁은 계곡을 서로 빠져나가려고 거세게 요동치고 있었다. 내려다보니 현기증

이해선 사진, 지춘

이 일어날 만큼 아찔하다. 양쪽 절벽이 물에 깎이어 반들반들 검은빛을 발하고 있다. 물줄기가 쉴새없이 절벽에 부딪히면서 하얗게 부서진다. 부부가 '니무' 다리라고 알려주었다. 이런 곳에 어떻게 시멘트 다리를 놓았을까.

오후 1시, 추수이曲水 Chushui라는 도로 표지판이 보이는 곳에서 또 멈췄다. 차 한 대가 펑크났기 때문이다. 여기는 이제 티벳이 아닌 중국의 어느 중소도시 같다. 경부고속도로에나 걸려 있음직한 초록색 도로 표지판이 교차로 위에 산뜻하게 고정되어 있다. 청바지에 티셔츠 차림의 아가씨들이 거리를 활보하고 있었다. 머리도 짧게 커트했다. 식당, 자동차 수리점, 유리점, 량유점糧油店, 가유소加油所(주유소) 등이 보인다. 길 한편으로는 얄룽창포 강이 넓은 호수처럼 흐르는 듯 멈춰서 있다. 이 곳에서 라사Lhasa(해발 3,650m)까지는 불과 40분 거리라고 소남이 말했다. 얼마 후 포탈라 궁Potala Palace이 아득하게 보이는 지점에 도착했으나 차 한 대가 또 고장이다. 카뷰레터를 입으로 빨고, 조이고 한 시간 이상 씨름했으나 시동이 걸리지 않는다. 할 수 없이 우리 차에 고장난 차의 승객을 옮겨 태우고 라사 시내로 들어섰다. 오후 3시, 우리 일행은 어느 서양인이 경영하는 레스토랑에 도착했다.

레스토랑에는 파양에서 헤어져 우리보다 먼저 이 곳에 도착한 주부 세 사람이 기다리고 있었다. 모두가 건강한 얼굴이었다. 덕택에 라사 주변을 샅샅이 돌아보았다고 자랑이다. 그러나 점심으로 나온 이 식당의 음식은 도저히 먹을 수가 없었다. 카레라이스 같은데 역한 향료 냄새가 지독하고 밥도 푸석푸석해 넘길 수가 없었다. 이번 여행 중, 내가 식사를 포기한 것은 이번이 처음이다. 오후 4시 반, 라사 호텔 Lhasa Hotel에 투숙했다. 라사에서 가장 고급 호텔이라는데, 시설은 마나사로바 호텔보다 못하다. 그 대신 물은 잘 나왔다. 얼른 샤워를 하고 로비로 내려갔다. 조캉 사원(大昭寺, Jokang Temple) 촬영 투어에 따라가기 위해서였다.

라사의 거리는 사람들로 가득하다. 도로의 넓이는 서울 광화문 네거리 규모다. 높은 건물들이 도로를 따라 즐비하게 들어서 있고, 광고 간판들도 요란하다. 특히 은행과 백화점이 많이 보인다. 교차로에는 신호 대기시간을 디지털로 표시해 주는 멋쟁이 신호등을 달아놓았으며, 가로수도 많이 자랐다. 사람들 표정도 밝고 걸음도 활기차다. 우울하고 우중충한 기색이 전혀 보이지 않았다. 이 곳이 나라를 빼앗긴 사람들이 사는 수도首都란 말인가. 나중에 알았는데 티벳 원주민들은 거의 다 밀려나고 한족漢族(중국인)들이 대부분이라는 것이다. 라사는 이제 주권을 되찾아도 옛날로 돌아갈 수 없을 것 같다. 산업 구조가 중국화되고 경제권도 중국인들 손에 넘어가 그들의 영향권으로부터 벗어나기 어려울 것 같기 때문이다. 조캉 사원 앞은 그야말로 인산인해였다. 참배객보다 장사꾼이 더 많은 것 같았다.

조캉 사원은 7세기경(647년?), 송첸 감포(松贊干布, Songtsen Gampo, 618~649) 왕이 세우기 시작해서 역대 왕들이 계속 증축했다. 송첸 감포는 부족국가 수준이었던 티벳을 통합하여 최초의 통일 국가를 개척한 영걸이었다. 그의 기세가 얼마나 강력했던지 당唐나라는 동쪽을 향한 그의 야심 때문에 불안을 떨칠 수가 없었다. 송첸 감포는 당 황실과 사돈이 되기를 원했다. 중국 역사상 가장 뛰어난 황제라는 칭송을 듣는 당 태종 이세민李世民도 별 수 없었다. 종친宗親 이도종李道宗의 딸을 문성 공주文成公主로 입양入養하여 그에게 시집 보냈다. 문성공주는 시집 오면서 석가모니 부처님 한 좌座와 수많은 불경을 가져왔다. 송첸 감포는 이를 기념하기 위해 조캉 사원을 지었고, 이 때부터 티벳에 불교가 흥하게 되었다는 것이다. 송첸 감포는 문성 공주를 만나기 전에 이미 네팔의 부리쿠티 데비Princess Bhrikuti Devi 공주와도 혼인한 사이었다. 부리쿠티 공주 역시 많은 경전과 불상을 가져왔다. 티벳 불교는 이처럼 네팔과 중국 양쪽에서 전해진 것이다. 조캉은 원래 부리쿠티 공주를 위한 원찰이었다고 한다. 그래서인지 이 사원의 주불인 석가모니불 옆에는 따로 송첸 감포 왕과 문성 공주, 부리쿠티 데비 공주의 상像이 나란히 모셔져 있다.

조캉 사원은 동쪽에서 서쪽을 바라보고 앉아 있다. 원래는 양 떼들이 놀던 연못인데 그것을 메워 절터로 삼았다고 한다. 여러 채로 구성된 4층짜리 목조건물로 지붕은 황금색으로 빛나고 있다. 중앙에는 로마 시대의 중정中庭Atrium처럼 넓은 마당이 있고, 정문 지붕 위에는 법륜을 받쳐들고 있는 두 마리의 사슴 상(녹원전법상鹿苑傳法像)이 얹혀 있다. 모두가 황홀한 금색이다. 건축 기법도 1층은 당나라 양식, 2층은 네팔,

조캉 사원, 라사

3층은 인도 양식을 따랐다고 전한다. 1층 안마당을 지나면 바로 본전에 닿는다. 본전 주변은 작은 회랑으로 둘러싸여 있고, 회랑에는 100여 개의 마니차가 설치되어 있다. 이 회랑이 조캉 사원의 코라 코스다. 참배객들이 진언을 외고, 마니차를 굴리면서 코라를 바치고 있었다. 경건하고 진지하고 숙연하다. 티벳 불교 신자들의 평생 소원은 카일라스 코라다. 그러나 그 곳은 너무나 멀고 험하여 쉽게 갈 수가 없다. 그래서 차선으로 택한 것이 조캉 코라다. 참배객들은 먼저 조캉사원 앞뜰에서 오체투지로 경배를 올린다. 늙은이, 젊은이, 남자, 여자를 가리지 않고 돌바닥에 무릎을 꿇고 엎드려 부처님께 절을 드린다. 이런 오체투지는 조캉이 건립된 이래 천 년을 넘게 이어지고 있는 것이다. 돌바닥이 파여 반들반들하다. 그리고 벌 떼가 내는 소리인 양 진언mantra 외는 소리가 '잉잉' 거린다.

휘장을 들추고 본전에 들어서니 캄캄하다. 형광등도 보였으나 대부분 촛불과 등잔불이다. 버터 유油로 불을 밝히는 등잔은 밤하늘의 별처럼 수없이 명멸하고 있었다. 향내음이 진동한다. 촛불에 눈이 익을 때쯤 되면 향내음과 등잔불로 정신이 몽롱해진다. 정면에 부처님이 보이고, 바로 곁에 눈을 부릅뜬 파드마삼바바가 내려다보고 있다. 부처님은 방 한가운데에 앉아 계시기 때문에 그 주위로 또 작은 코라 코스가 생겼다. 내부의 이 작은 코라 코스에는 사천왕과 8부 신장의 무시무시한 모습과 관음, 미륵, 약사, 아미타 등 우리 눈에도 익숙한 부처님과 보살님들이 열석列席해 계시고, 역대 달라이 라마 상像도 도열해 있다. 가운데 앉아

파드마삼바바, 조캉 사원

계신 부처님 뒷쪽 벽면에는 작은 방을 만들어 또 한 분의 부처님을 모셔 놓았다. 황금으로 된 몸 위에 수많은 보석을 장식해 촛불 아래에서도 휘황찬란하다. 이 부처님이 바로 문성 공주가 모시고 온 석가여래상이라고 한다. 보석 도난을 염려한 탓인지 쇠창살로 막아놓았다. 그 모습이 부처님을 가두어놓은 것처럼 보여 송구한 마음을 금할 수 없게 한다.

2층은 사방이 모두 복도로 연결되어 있다. 모두 스님들의 공부방 같다. 여러 무리의 자주색 가사를 두른 스님들이 복도로 나와 토론을 하는 모습이 보인다. 둥그렇게 둘러앉아 열심히 말하고 진지하게 듣는다. 한 사람씩 일어나서 발표를 한 뒤 질의응답을 하는 것 같다. 이런 교육 방식은 티벳에 불교가 도입된 이래 계속 이어지는 전통이라고 한다. 서울에서 가끔 보는 학회의 세미나 모습과 똑같다. 그렇다면 서양 사람들이 가장 발전된 교육 형태라고 자랑하는 세미나식 교육이 이 곳에서는 이미 천 년 전부터 시행되고 있었다는 이야기가 된다. 서양인 한 사람이 마침 밖에 나와 공부하는 모습을 지켜보고 있던 나이든 스님에게 여러 가지를 묻고 사진도 찍는다. 스님은 영어로 또박또박 설명해 주고, 그 서양인은 연신 고개를 끄덕인다.

3층은 공사 중이었다. 바닥 일부를 흙으로 다지는 일을 하고 있었는데, 30여 명의 일꾼들이 노래를 부르며 막대기로 바닥을 찧고 있었다. 노래의 리듬에 따라 발의 동작과 막대기의 움직임이 일사분란하게 반복되고 있었다. 이들이 부르는 노래의 뜻은 알 수 없었지만 소리가 가늘고

조캉 사원, 라사

경쾌하다. 표정도 밝고 진지한 것이 조캉에 대한 정성의 표현 같다. 3층은 녹원전법상이 한 층 위에 올려져 있을 뿐 대부분 넓은 평면이다. 이곳에서는 포탈라 궁도 아주 잘 보였다. 포탈라는 작은 동산 전체가 그대로 궁전이다. 위로는 붉은 궁전Red Palace이, 아래로는 흰 궁전White Palace 이 이어져 있는 모습이 뚜렷하게 보인다. 마침 날씨가 맑아서 시내 전체가 한눈에 들어왔다. 숲도 많고 호수도 많다. 사방에 건물들이 가득하고 그 건물들을 헤치며 넓은 도로가 죽죽 뻗어나가고 있었다.

조캉 사원 앞 광장은 글자 그대로 인산인해였다. 신자들이 오체투지를 드리는 정문 곁에는 등잔불을 바치는 작은 집이 있고, 그 집 근처에는 '장경회맹비長慶會盟碑'가 서 있다. 장경회맹비는 티송 데첸 왕의 다음을 이은 티 랄파첸Tri Ralpachen(817~836) 왕 때 세운 비석으로 당과 티벳이 서로 침범하지 말자는 약속이 담겨 있다. 티 랄파첸은 당나라의 간담을 서늘하게 만든 용맹한 군주였으나 불교를 너무 강제로 보급하는 바람에 반대파에 의해 암살당했다. 그가 죽은 후 불교는 괴멸적 타격을 받았다가 200년 가까이 세월이 흐른 뒤 인도에서 모셔온 위대한 구루, 아티샤Atisha(?~1054)에 의해 되살아나게 되었다. 이 비석을 제외한 나머지는 전부 기념품 가게다. 광장 밖에서는 공안들이 호루라기를 불며 사람들을 제지하고 있었다. 구걸하는 원주민들을 밀어내는 것이라지만 객客이 주인主人을 내쫓는 모습 같기도 하다. 쫓아내는 사람이나 쫓기는 사람이나 장경회맹비의 뜻을 알고나 있을까.

조캉 사원, 라사

저녁 7시 반, 조캉 사원 근처 향격리납장찬香格裏拉藏餐 Shangrila Restaurant에서 저녁을 들었다. 뷔페식이어서 여러 음식을 골고루 맛볼 수 있었다. 네덜란드 사람이 경영하는 음식점인데 식사 후 민속 공연도 벌어지는 고급 식당이다. 식당 이름도 유럽인들이 꿈에나 그리는 이상 향理想鄕을 뜻하는 샹그릴라다. 식당 이름 작명 동기나 민속 공연 프로 그램이나 예사롭지 않다. 아주 세련된 마케팅 기법이 숨어 있는 것 같 다. 그러나 민속 공연을 보는 동안 가슴이 뭉클해졌다. 작가들은 또 좋 은 소재를 만난 듯 촬영에 열중했지만, 나는 티벳의 전통 춤과 노래에 흠뻑 빠졌다. 노래가 힘차고 깨끗하다. 애절하고 비감한 구석이 없다. 남녀 모두의 노래가 그렇다. 세 사람의 남자가 춤을 보여주는데, 율동이 씩씩하고 경쾌하다. 의상도 화려해서 옥색 두루마기에 털모자를 썼다. 허리에는 붉은 끈을 매고 머리에도 붉은 띠를 둘렀다. 발에는 목이 긴 가죽장화를 신었다.

가야금 같기도 하고 첼로 같기도 한 악기를 연주하며 노래를 부르는 데, 그 소리가 우렁차고 고와서 마음을 흔든다. 가수는 30대 중반의 남 자였다. 인물도 잘났지만 노래는 더욱 아름다웠다. 대륙 특유의 씩씩한 노래가 이어지다가 갑자기 비단결 같이 부드러워진다. 성량도 풍부해서 가슴이 시원해졌다. 그가 티벳의 민속주, '창'을 주전자에 담아들고 객 석으로 내려와 술을 권했다. 이 때 부른 권주가가 너무 감동적이어서 가 슴이 메어졌다. 노랫말은 모르겠으나 당당하면서도 밝은 그의 소리가 오히려 듣는 사람을 비감하게 만들었다. 티벳 고원을 호령하던 기개 높은 민족들이 남에게 땅을 빼앗기고 유랑의 길로 들어서 이제 종족 보전도 어려운 처지가 되었다. 한때 중원을 넘보며 중국 황제들의 간담을 서늘하게 만들었던 그들 후손이 영락하여 식당에서 노래를 팔고 있는 것이다. '창'이 목에 걸려 좀처럼 넘어가지 않는다.

　비가 추적추적 내리고 있었다. 버스에 올라서도 사람들은 말이 없었다. 눈이 벌겋게 충혈된 사람도 보인다. 이철수 선생이 나의 소매를 끈다. 그대로 객실에 올라가 잠을 청하기에는 너무 억울하다는 뜻이다. 이해선 선생과 최영 박사를 찾아내 함께 라사 호텔 뒷골목을 뒤졌다. 빗줄기가 점차 굵어졌으므로 멀리는 가지 못하고 아무 데나 불이 켜져 있는 음식점에 들어갔다. 한 가족이 경영하는 곳인 듯 할머니와 손자 손녀 등 3대가 다 모여 있다. 한족漢族 같다. 티벳 사람이 구걸하러 들어오자 주먹다짐을 하며 내쫓는다. 메뉴를 고를 때 사가에서 범한 실수를 되풀이하지 않기 위해 잠시 망설였으나, 이철수 선생이 간단하게 해결했다. 마침 그 식당 가족들이 늦은 저녁을 들고 있었는데 이 선생이 가보고 그 중에서 돼지고기 요리 두 개와 야채 한 접시를 골랐던 것이다. 술은 38도짜리 백주가 있었다. 안주와 술, 모두가 입에 맞았다. 아무도 식당의 민속 공연 이야기는 하지 않았다. 술잔은 빠르게 돌아갔다. 38도짜리 술 두 병이 다 떨어져 50도짜리로 바꾸자 흥이 깨졌다. 갑자기 술기운이 올랐던 것이다.

권위와 신비를 잃어버린 보석

제14일 2002년 7월 5일 금요일 한때 비
라사 - 쳉두

오전에 포탈라 궁을 관광하고 오후에 쳉두(成都, Chengdu)로 이동
하여 하루를 묵고 내일 서울로 돌아갈 예정이다. 오늘이 티벳에
서의 마지막 날이다. 비가 와서 걱정이 되었으나 포탈라 궁에 도착하자
비가 또 멎었다. 포탈라 궁 역시 서기 7세기, 송첸 감포 왕이 짓기 시작
했다. 처음의 용도는 명상 수행을 위한 도장이었다고 한다. 그러나 포탈
라를 현재의 모습대로 고쳐 지은 사람은 5대 달라이 라마, 롭상 갓초
Lobsang Gyatso(1617~1682)였다. 롭상 갓초는 송첸 감포, 티송 데첸(赤松
德贊, Trisong Detsen, 755~797) 못지않은 뛰어난 지도자였다. 분열된 나
라를 통일하여 왕권王權을 강화하고, 종교의 갈등을 통합하여 교왕敎王
으로서의 권위權威를 확립했다. 이를 증명하려는 듯 롭상 갓초는 포탈
라의 증축에 국력國力을 쏟아부었다. 유감스럽게도 포탈라의 완공을 보
지 못하고 그가 임종臨終에 이르자, 섭정攝政 상예 갓초Sangye Gatso를
불러 자기의 죽음을 세상에 공표하지 말라고 유언했다. 자기의 죽음이
알려지면 포탈라의 건축이 중단될지도 모른다는 걱정 때문이었다고 한

다. 사실, 포탈라의 건축에는 막대한 인력과 돈과 자재가 투입되고 있었으므로 그와 같은 강력한 지도자가 아니면 공사를 계속할 수 없었을 것이다. 포탈라의 건축에는 50년이 걸렸다고 기록에 전한다. 돌과 나무로 지어진 이 궁전은 이집트의 피라미드, 인도의 타지마할과 더불어 세계 7대 불가사의 중 하나로 선정될 정도로 신비로운 건축물이다.

포탈라 궁의 바닥은 동서로 길이 400m, 남북으로 폭 350m, 높이 117m의 13층 석조 건물이다. 윗부분은 붉은 돌로 지은 적궁赤宮이고, 그 아래는 흰 돌로 지은 백궁白宮이다. 백궁은 속세의 정치를 관장하는 행정 청사이고, 적궁은 종교를 지도하는 교왕청으로 쓰였다. 달라이 라마는 종교와 정치를 모두 장악한 절대군주이기 때문이다. 이 궁전에는 헤아릴 수 없을 만큼 많은 방이 있어 달라이 라마의 거처와 역대 달라이 라마들의 영묘靈墓, 스님들의 요사채, 서고書庫, 보물창고 등으로 사용되고 있다. 우리가 갔을 때 백궁은 관람이 금지되고 적궁 일부만 공개되었다. 궁전 뒷길을 걸어올라가 적궁의 맨 꼭대기 건물로 들어가기로 했다. 그 길은 바닥을 돌로 깔은 비탈길로 차량 통행이 금지된 곳이다. 그런데도 한 15분쯤 걷는 동안 검은 세단이 서너 대씩 지나며 가솔린 냄새를 풍겼다. 녹색의 경비병들이 쩔쩔매는 것을 보니 고위 관리들이 구경 나온 모양이다. 관광객들에게 위화감을 주는 것도 문제지만 100m 높이의 건물 옥상까지 차가 드나들면 세계 7대 불가사의로 아낌을 받는 이 궁전의 장래가 어찌되겠는가.

5대 달라이 라마의 영묘를 참배했다. '달라이 라마'라는 칭호는 3대 달라이 라마 소남 갓초Sonam Gyatso가 1578년, 몽고 Tumet Mongols의 초청을 받아 알탄 칸Altan Khan에게 불법佛法을 전하고 받은 칭호라고 한다. '달라이Dalai'는 몽고어로 '바다와 같이 넓은 지혜'란 뜻이고, '라마Lamas'는 산스크리트의 '구루Guru'를 티벳 말로 번역한 것이라고 한다. 구루는 '깨달음을 얻은 영적 스승'이란 뜻으로 힌두교도들이 스승에게 바치는 최고의 존칭이다. 그러므로 달라이 라마란 '바다와 같이 넓은 지혜를 가진 구루'라는 뜻이지만 실제로는 정교일치政敎 一致의 신정체제神政體制인 티벳의 최고 지도자를 일컫는 말이다. 앞서 말한 대로 달라이 라마는 관세음보살의 화신化身Tulku, Nirmana Kaya이다. 화신, 즉 인간의 육신肉身은 태어나고 죽기를 반복하지만 법신法身Dharmana Kaya은 변함이 없다. 달라이 라마의 법신은 관세음보살이므로 초대부터 현재의 14대까지 모두가 동일한 존재인 것이다. 5대 달라이 라마의 화신은 등신불等身佛, 미이라로 만들어져 이 곳에 안치되어 있다. 5대 달라이 라마의 상像은 결가부좌하고 선정禪定에 든 모습인데, 좌고가 무려 12.6m에 달하는 거대한 모습이다. 온 몸에 3,720kg의 순금純金을 입히고 그 위에 진주, 호박, 터키석 등 진귀한 보석 일만과一萬顆로 장식했다고 안내판에 써 있다. 달라이 라마가 생전에 집무실로 쓴 곳인 듯한 홀 입구에는 '용련초지湧蓮初地'라는 편액이 걸려 있었다.

파드마삼바바도 별도의 방에 모셔져 있다. 5대 달라이 라마와 같이 화려하지는 않지만 규모는 거의 비슷해 보인다. 이 방의 벽면은 모두 두루마리 경전의 보관함으로 가득 차 있는데, 그 수가 헤아릴 수 없을 정도다. 수천을 넘어 수만에 이를지도 모르겠다. 사각형으로 된 보관함은 붙박이장처럼 벽면에 고정되어 있는데, 입구가 열려 있어 경전을 쉽게 넣고 뺄 수 있다. 빈 통이 하나도 없이 두루마리로 꽉 차 있었다. 바로 이 경전들 속에 깨달음으로 가는 비밀 가르침이 있을 것이련만 티벳 말을 안다 해도 섶에서 바늘 찾기일 듯싶다. 촛불로 방이 흐릿한데다 타오르는 향이 정신을 그윽하게 만든다. 티벳 신자들이 등잔에 버터를 보충하며 "옴 마니 펫메 훔"을 쉴새없이 외운다. 촛불과 등잔불이 이처럼 많이 아무 데서나 타고 있는데, 잘못해서 불이라도 나면 저 두루마리는 어찌될 것인가. 별 쓸데없는 걱정을 한다는 듯 늙은 스님은 시주함을 앞에 놓고 태연히 졸고 있었다.

파드마삼바바는 티벳 불교의 시조始祖나 다름없다. 송첸 감포 왕이 세상을 떠나자 불교를 지지하는 신흥 세력과 전통 신앙인 본Bon교敎를 고수하는 보수 세력이 충돌하게 되었다. 본교를 지지하는 귀족들과 지방 토호들이 기득권을 지키기 위해 왕권에 저항하는 등 나라가 다시 어지러워진 것이다. 약 100년쯤 지나 티송 데첸의 시대가 되었다. 티송 데첸은 분열된 나라를 다시 수습하고, 마침 안록산安綠山의 난亂으로 당 황실이 어지러운 틈을 타 당나라의 서울 장안을 점령하기도 한 뛰어난 군주였다. 티송 데첸은 당시 불교의 대학자 산타락시타Shantarakshta를 인도에서 초빙하여 티벳에 불교 학자를 양성하는 한편, 산타락시타가 추천한 탄트라 불교의 대가 Tantric Master 파드마삼바바에게 본교 세력을 제압해 주도록 청했다. 파드마삼바바는 도력道力을 겨루어 본교를 굴복

시켰다고 전한다. 이로부터 그는 티벳 모든 사원에서 본존불本尊佛 곁에 모셔지는 숭배의 대상이 되었다. 이 곳의 파드마삼바바 상像도 조캉 사원의 그것처럼 눈을 동그랗게 뜬 두려운 모습이다.

본교의 세력이 가라앉자 이번에는 불교 안에서 다툼이 생겼다. 인도계와 중국계가 서로 자기들의 수행 방법이 옳다고 세력 다툼을 벌인 것이다. 티송 데첸은 인도 불교를 대표하는 산타락시타의 제자들과 중국계 선승禪僧들이 무한 논쟁을 벌일 수 있도록 토론의 장場을 마련했다. 산타락시타의 제자들은 생기차제生起次第, 원만차제圓滿次第 등 단계적 수행을 통한 지혜의 개발에 의해 금강불괴金剛不壞의 바즈라다라Vajradhara를 완성할 수 있다고 주장한데 반하여, 중국의 선승禪僧들은 교외별전教外別傳, 불립문자不立文字, 직지인심直指人心, 견성성불見性成佛을 고집했다. 2년에 걸친 이 싸움을 지켜보던 티송 데첸은 인도측 손을 들어주었다. 이리하여 오늘날 티벳 불교, 또는 탄트라 불교, 밀교密教 등의 여러 이름으로 불리는 불교의 새로운 갈래가 자리를 잡게 된 것이다. 이 논전論戰은 최근 우리나라 불교계에서도 심심치 않게 벌어지고 있는 점수漸修, 돈오頓悟의 논쟁과 비슷했던 것으로 보인다. 티송 데첸 왕이 통치하던 시기(755~797)는 육조六祖 혜능慧能이 일으킨 중국 선禪 불교가 황금시대를 이루어 일세를 풍미하던 때였다. 그런데도 불구하고 티송 데첸이 마련한 토론의 장에서 중국 선 불교가 밀려났다는 것은 의미심장한 일이다. 오늘날 중국의 선 불교는 한국과 일본으로 전해져 겨우 명맥을 유지할 뿐 중국 본토에서는 거의 사라지다시피 한 것으로 알려지고 있다.

그러나 티벳 불교는 달라이 라마의 망명 이후 미국과 유럽에서 신자들이 급증하면서 세계적 관심의 대상으로 떠오르고 있어 명암明暗이 엇갈리고 있다. 티벳 불교는 비록 땅을 잃었지만 세계인의 마음을 얻은 것이다.

이 밖에 보리도차제전菩提道次第殿, 법왕동法王洞, 무량수불전無量壽佛殿, 석가능인전釋迦能仁殿을 순례했다. 생生의 유전을 나타낸 것이라는 칼라차크라 만다라Kalachakra Mandala와 궁장박물관宮藏博物館도 둘러보았다. 궁장박물관은 포탈라 궁이 간직한 보물 일부를 보여주는 곳이다. 금으로 된 옷, 갑옷, 칼, 방패 등 무기, 장신구 등과 여러 부처님 상이 모셔져 있었다. 순금으로 된 작은 밀라레파 상도 보였다. 오른손을 귀에 대고 왼손으로는 사타구니를 가린 채 사슴 가죽 위에 앉아 있는 모습이다. 깡마른 얼굴이 지극한 법열法悅에 취한 듯 빙긋이 웃고 있다. 이해선 선생이 보고 또 보고 감탄을 연발한다. 이 선생은 호텔에 돌아와 기어코 거금을 주고 그와 비슷한 밀라레파 상을 구했다. 각자覺者 밀라레파도 좋지만 시인詩人 밀라레파가 앞으로 글을 쓰거나 사진을 만들 때 영감의 원천이 되어주기를 바라기 때문이란다. 포탈라 궁의 언덕을 내려오다 길가의 골동품점에서 어린아이 주먹 만한 보살상을 하나 들고 살펴보고 있는데, 이 선생이 대뜸 "파드마삼바바군요. 항상 이렇게 눈을 무섭게 뜨고 있어요" 한다. 그 소리를 듣자 나는 두말 하지 않고 그 파드마삼바바를 모시고 왔다. 주물로 만들어서 제법 묵직한데, 역시 몸통 안에서 모래 구르는 것 같은 소리가 났다. 머리에 관을 쓰고, 주장자 같기도 하고 계도戒刀 같기도 한 쇠막대를 왼쪽 어깨에 기대고 있다. 오

포탈라 궁, 라사

른손에도 무엇인가를 들고 있는데, 너무 작아서 알 수 없지만 도르제 같기도 하다. 오른쪽 무릎을 약간 들고 앉아 있는 모습인데, 작지만 역동적이고 생생生生하다.

포탈라 궁 앞은 원래 넓은 호수였는데 중국 정부가 이를 메워 커다란 광장을 만들고, 서울 광화문 앞길 정도의 넓은 도로를 개설한 것이라고 한다. 호수를 메운 광장에서 바라보면 포탈라 궁 전체가 다 보인다. 길가에 흰 성벽이 둘러쳐 있고, 그 너머로 백궁이 동산 전체를 덮으며 올라가고 있으며, 그 위로 적궁이 이어지고 있었다. 적궁의 지붕은 역시 황금색으로 빛난다. 성벽에 거대한 구호가 붉은 바탕에 흰 글씨로 씌어 있다. 공산당 지도부가 티벳의 문물사업에 관심이 크다는 것, 지금 진행 중인 문화재 보수 공사를 성공적으로 마무리하자는 뜻 같다. 천 년 넘게 티벳을 통치하던 정치적·종교적 본부에 이민족의 정치구호가 대문짝보다 크게 씌어 있는 것을 보니 글자 그대로 정치무상政治無常, 권력무상權力無常, 제행무상諸行無常이 실감났다. 주인을 잃은 포탈라 궁은 구경꾼들만 들끓을 뿐 쓸쓸했다. 권위와 신비를 잃어버린 보물들만 수북했던 것이다.

오후 1시, 전용 버스 편으로 공항으로 떠났다. 시가체에서 들어오던 길로 되짚어나간다. 추수이曲水를 지나 얄룽창포 강을 건너 라사 공가공항Lhasa Gongga Airport에 도착하니 2시 반이다. 탑승 수속은 간단했다. 이제까지 고생한 소남이 체크인 카운터 건너편에서 손을 흔든다. 우리 일행 때문에 너무 고생하여 몸살이라도 나지 않을까 걱정된다. 어린 나이에도 불구하고 이런 큰 행사를 사고 없이 치러낸 것이 대견하기도 하다. 오후 4시, 비행기는 정해진 시간에 정확히 이륙했다. 티벳의 산하가 까마득하게 내려다보인다. 언제 다시 이 곳에 올 수 있을까, 아니 기회가 되면 나는 이 곳에 다시 오고 싶은가. 금방 대답이 나오지 않을 만큼 마음이 착잡하다.

물론 나는 이번 여행에서 망외望外의 은혜를 받았다. 가는 곳마다 날씨가 맑았고, 몸도 아직 이상이 없다. 푸른 하늘 아래 카일라스를 친견했으며, 마나사로바 호수의 성수욕聖水浴도 경험했다. 추쿠 사원과 타시룽포, 조캉 사원을 참배했으며, 포탈라 궁도 둘러보았다. 그런데도 웬일인지 허전하다. 다르첸의 시내에 함부로 버려진 비닐 봉지들과 마나사로바 호수변에 버려진 음식 찌꺼기가 눈에 자꾸 걸린다. 고원 사막 위에 짓다 만 시멘트 다리도 눈에 거슬리고, 석유를 운반하던 동펭의 탱크로리도 찜찜하다. 상상에서 본 노숙하던 순례자들의 눈빛과 샹그릴라 만찬 공연의 노래가 아직도 생생하다. 스와스티카 평원을 일직선으로 이어달리는 전신주들이 무엇인가 불길한 소식을 가지고 올 것만 같다. 그것은 카일라스 개발 소식이다. 관광 수입을 늘릴 목적으로 카일라스를 개발한다면, 그 성지聖地는 수천 년 동안 간직한 위엄과 신비를 잃고 말 것이다. 그리고 개발의 당연한 결과로 사람들은 몇 푼의 돈을 얻는 대신 희망을 잃고 구원도 잃게 될 것이다. 사가에서 상상 쪽으로 넘어올 때 마주친 야크가 생각난다. 그 야크가 개발욕에 들뜬 인간들을 향하여 경고하는 듯하다. 4,500m의 고원과 바람과 비와 눈, 그리고 혹한과 혹서를 너희들 인간이 견뎌낼 수 있겠느냐고 묻는 것 같다.

저녁 6시, 쳉두 공항에 내렸다. 다시 문명 사회에 온 것이 실감났다. 대리석을 깐 바닥을 오랜만에 밟아본다. 공기가 후덥지근하고 소란스럽다. 공항 청사 건물은 지은 지 얼마 되지 않은 듯 깨끗하고 밝다. 한자로 '성도공항成都空港'이라고 날아갈 듯 크게 써서 매단 간판이 인상적이다. 이 곳으로 유학 왔다는 조선족 청년이 가이드가 되어 마중나왔다. 나는 버스 뒷자리에 앉는 바람에 가이드의 설명을 잘 알아들을 수 없었다. 인구 천 만의 중국 제4위의 도시라는 소리가 얼핏 스치고 지나갔다. 버스 창으로 보이는 쳉두의 모습은 충격적이다. 여기가 서울인지, 중국인지 분간이 어려울 지경이다. 넓고 죽죽 뻗은 도로와 고층 아파트 군群, 길을 가득 메운 자동차, 은행과 백화점, 대형 빌보드 등 서울이나 부산에 손색이 없다. 어느 백화점의 한국식당, '아리랑'에서 불고기로 저녁을 들었다. 여행의 피로와 긴장이 풀려서인지 소주 잔들이 많이 오갔다. 식사를 마치고 호텔로 이동하며 보니 삼성, LG, 노키아. 컴팩, 모토로라 등 세계적 대기업의 전광판이 대형 건물 곳곳에서 번쩍번쩍 요란하다. 퇴근 시간이 지났을 터인데도 거리에는 사람과 자전거와 자동차로 가득하다. 우리가 묵을 홀리데이 인 크라운 프라자Holiday Inn, crowne plaza에 들어서니 로비에 카르티에 보석전이 열리고 있었으며, 라운지에서는 외국인 보컬 팀이 생음악을 연주하고 있었다. 등산복 차림의 꾀죄죄한 우리의 모습이 갑자기 부끄러워졌다.

빌딩숲 속의 무후사

제15일 2002년 7월 6일 토요일 맑음
쳉두 – 인천

이곳 쳉두成都는 유비劉備, 관우關羽, 장비張飛, 제갈량諸葛亮이 세운 촉蜀의 도읍이었다. 어릴 때 배운 두보杜甫의 무후사武候祠가 생각났다. 이 칠언절구七言絶句는 시험공부하느라고 내가 외운 최초의 한시漢詩였다.

丞相祠堂何處尋
錦官城外栢森森
映階碧草自春色
隔葉黃鸝空好音
三顧頻煩天下計
兩朝開濟老臣心
出師未捷身先死
長使英雄漏滿襟

승상(제갈량) 사당을 어디로 찾아갈까.

금관성 밖 잣나무 우거진 골이라네.

계단에 돋은 풀이 봄빛을 자랑하고,

숲 속의 꾀꼬리가 정적을 깨는구나.

세 번씩이나 찾아와 천하를 구해달라 청해서

유비와 유선 두 임금 시대를 열었다.

위魏나라와 싸워서 이길 듯하다 죽으니

아직도, 영웅들의 소매를 눈물로 젖게 하는구나.

대충 위와 같은 뜻인데, 신통하게도 나는 이 시를 아직도 욀 수 있다. 이해선 선생을 졸라 무후사를 찾았다. 호텔에서 택시로 불과 15분 거리였다. 무후사는 도시 한복판에 있었다. 마치 서울의 종묘宗廟 같다. 그곳에는 금관성도 없었고 잣나무도 없었다. 계단은 푸른 풀 대신 사람들의 발자국에 닳아 반들반들해졌다. 이른 아침인데도 관람객이 많았다. 정문을 들어가면 먼저 제갈량 대신 유비의 사당이 보이고 좌우로 유비의 신하들 영정이 도열해 있다. 관우, 장비, 조운, 마초, 황충 등 5호 대장과 휘하 장수들의 모습이 말없이 관객을 영접한다. 별 특색은 없고 그저 소설의 삽화에서 보던 그런 모습이다. 제갈량의 사당은 맨 뒤에 있다. 이처럼 유비가 주인 행세를 하는데, 왜 이 곳을 제갈량의 사당이라고 부르는지 알 수 없다. 중국인들은 향을 한줌씩 사서 마당의 향로에 태운다. 향내가 진동을 한다. 벽에 '출사표出師表'와 '후출사표後出師表'를 초서로 휘갈겨 써놓았다. 송宋나라의 충신忠臣 악비岳飛의 글씨라는

데, 유리를 씌워 보관에 정성을 들이고 있었다. 곳곳에 매점이 많다. 기념품 가게는 물론이고 책방, 화방도 있다.

무후사는 서기 223년에 처음 세운 것이라고 입장권에 써 있지만 현재의 건물은 청나라 때 지은 것이라고 비석에 써 있다. 삼국시대의 유물은 보이지 않았다. 그림 가게를 지나다 두보의 칠언절구가 눈에 띄어 그것을 한 점 샀다. 예쁜 행서인데 낙관이 없다. 왜 낙관이 없느냐고 물으니 오십객의 주인장은 서랍에서 도장을 꺼내 꾹꾹 찍어준다. 기가 막혔다. 그가 필담으로 작가가 자기에게 위임했다고 주장했지만, 믿어지지 않는다. 그러나 나는 글씨만 예쁘면 그만이다. 그리고 이 글씨가 무후사 경내에 있었던 것이면 족한 것이다. 내 방에 걸어놓고 들여다보면서 제갈량과 두보와 나의 티벳 여행을 회상하게 해주면 그만이기 때문이다.

출근 시간이 지났는데도 거리는 자동차와 자전거로 가득하다. 더위로 푹푹 찌고, 안개도 자욱하다. 낮 12시쯤 '향수각向水閣'이란 음식점에서 사천요리를 들었다. 오리, 콩나물국, 우엉, 시금치, 생선, 밥, 오이, 고추, 쇠고기 완자 같은 것이 나왔다. 모두가 입에 맞아 잘 먹었다. 꽤 비싼 곳 같이 보이는데, 가족 단위 중국인 손님들이 많다. 모두 밝고 자신감 넘치는 표정이다. 주위에 외국인이 있건 말건, 무척 시끄럽다. 공항으로 이동하다 보니 거리에는 벤츠, 아우디 등 고급 외제차들이 많다. 서울 못지않게 차로 붐비고 있었다. 사람들 옷차림도 매우 세련되어 있다. 오후 2시, 중국 서남항공 편으로 쳉두를 떠나 6시쯤 인천공항에 도착했다. 서울 시간으로는 토요일 저녁 7시였다. 큰아들 세욱世旭이가 마중나왔다.

여행에서 돌아온 지 일 주일 만인 7월 13일 토요일부터 몸에 열이 나기 시작했다. 월요일까지도 열이 내리지 않았다. 이상하게 두통 등 다른 통증은 없고 식사도 잘 했다. 몸살이 난 것으로 여겼다. 그러나 7월 15일 월요일 아침, 또 콜라색 소변이 나왔다. 화요일, 퇴근길에 병원에 들렀더니 의사 선생님도 영문을 모르겠다고 한다. 큰 병원을 소개할 터이니 입원해서 정밀검사를 받으라고 권한다. 의사 선생님이 직접 잰 열은 39도. 17일은 제헌절이라서 휴무였다. 혹시 말라리아에 걸렸는지도 모르니 응급실로 가자고 가족들이 졸랐다. 밤 8시쯤 삼성병원 응급실에 도착했다. 응급실은 환자들로 만원이었다. 병상이 없어 시멘트 바닥에 누워 있는 사람도 여럿이다. 통증을 호소하는 신음, 끊임없이 이어지는 아기들의 울부짖음, 아기 엄마들의 통사정, 간호사들의 금속성 꾸지람, 바닥에 스미는 피…. 지옥이 있다면 바로 이런 모습일 것이다.

간호사가 묻는 것에 대답하고 체온과 혈압, 몸무게 등을 잰 뒤, 의자에 앉아 차례를 기다리다 의사에게 불려갔다. 서른 안팎의 젊은 사람이었다.

"티벳에는 왜 갔나요?"

"..."

"콜라색 소변은 언제부터 나왔습니까?"

"6월 28일, 7월 15일, 두 번입니다."

"술은?"

"7월 9일(火), 10일(水), 12일(金) 저녁에 마셨습니다. 9일과 12일에는 좀 많이 마셨습니다."

혈액검사, 흉부 X선 촬영, 소변검사를 실시했다. 혈액검사는 간장과 신장 등 기능을 알아보는 검사와 균의 감염 여부를 알아보는 배양 검사를 병행했다. 검사 결과 모두 정상으로 판명이 났다. 결핵도 아니고, 균의 감염도 없고, 장기 각 부의 기능도 정상이다. 소변검사도 정상이다. 심전도까지 체크했으나 역시 정상이었다. 의사는 말을 극도로 아꼈다.

"검사 소견으로는 이상이 없습니다. 그런데 열은 있군요. 열이 나는 이유를 저도 모르겠습니다. 콜라색 소변이 나온 것으로 보아 신장이 의심되니 외래 진료를 신청해 드리겠습니다."

자정이 30분쯤 지났다. 응급실은 밤이 깊을수록 환자도 더 많아지고 아우성도 커졌다. 나는 결국 아무런 약도 얻지 못하고 그냥 집으로 돌아왔다.

며칠 후 신장 내과 외래로 가서 또 혈액검사와 복부 X선 촬영, 초음파 검사, 소변검사를 실시했지만 역시 아무 이상도 없다고 했다. 7월 21일은 일요일이자 중복中伏이었다. 이 날 저녁 열熱은 8일 만에 저절로 내렸다.

212

티벳자치구 지도국에서 펴낸 'China Tibet Tour Map'에 표시된 도상 거리를 계산하면 다음과 같다.

단위는 킬로미터다.

♠ 카투만두에서 카일라스로 갈 때

Kathmandu – 114 – Kodari – 8 – Zhangmu – 30 – Nyalam – 70 – Lablungla Pass – 187 – Saga – 145 – Dongpa – 10 – Paryang – 280 – Kangsa, Manasarova – 60 – Tarchen, Kailash.

합계 1,001km

♠ 카일라스에서 라사로 돌아올 때

Tarchen, Kailash – 60 – Kangsa, Manasarova – 280 – Paryang – 107 – Dongpa – 145 – Saga – 180 – Sang Sang – 113 – Lhatse – 157 – Shigatse – 278 – Lhasa.

합계 1,320km

불교의 갈래

불교는 그 갈래가 복잡하여 말씀을 듣거나 책을 읽을 때 혼란스럽다. 기독교는 천주교, 개신교, 동방정교 등으로 갈라졌지만 불교에 비하면 간단하다. 지금까지 읽은 책과 들은 말씀을 토대로 다음과 같이 정리해 보았다. 이 글은 필자가 이해한 수준에서의 불교 이야기다.

1. 원시불교原始佛敎

석가모니불佛이 생전에 활동하시던 때부터 사후 약 100년까지다. 즉 기원전 6세기부터 기원전 4세기까지다. 이 때는 석존釋尊의 말씀이 그대로 살아 있어서 가르침의 순수성이 유지되고 있던 시대다. 석존은 직접 기록을 남기지 않았기 때문에 제자들이 모여 부처님의 말씀을 들은 대로 기억을 되살려내 내용별로 정리했다. 경전의 모두冒頭에 "나는 이렇게 들었다如是我聞"라고 밝힌 것은 이 때문이다. 불교의 교리삼장敎理三藏 중에서 경經 sutra, 율律 vinaya만 있었고, 논論 abhidharma은 아직 출현하지 않았다.

석가모니불은 생전에 법륜法輪을 세 번 굴렸다. 첫번째는 깨달음을 얻은 직후, 사르나트Sarnath의 녹야원鹿野苑에서 고행苦行 시절의 다섯 도반道伴에게 내린 가르침이다. 여기서는 고苦, 집集, 멸滅 , 도道 등 사성체四聖諦와 팔정도八正道를 말씀하셨다. 두번째는 왕사성王舍城Rajagriha의 영취산靈鷲山에서 가르친 반야경般若經인데, 이 가르침은 훗날 용수龍樹Nagarjuna(150~250)에 의해 공空 사상, 중관中觀 사상으로 발전하였다. 석존은 이 두번째 법륜을 굴릴 무렵, 안드라 프라데시Andra Pradesh에서 삼발라Shambhala의 왕王, 찬드라바드라Chandrabhadra에게 칼라차크라 탄트라Kalachakra Tantra를 전수했다. 이 탄트라는 뒤에 파드마삼바바 Padmasambhava가 티벳에 전해 오늘날 티벳 불교로 발전했다. 세번째 법륜은 바이샬리Vaishali에서 행한 해심밀경海深密經인데, 이 가르침은 세친世親Vasbandu(320~400)과 무착無着Asanga(395~470)에 의해 유식불교唯識佛敎로 발전하였다.

2. 부파불교部派佛敎

초기불교 시대라고도 한다. 석존 멸滅 후 200여 년의 세월이 흐르자 가르침이 왜곡, 변질되기 시작하였다. 3세, 4세 제자들이 부처님의 말씀과 가르침을 '자기 수준水準에서 해석解釋'하기 시작했기 때문이다. 즉 '시간의 흐름에 따른 변질(the laps of time)'이 나타난 것이다. 경經, 율律에 대한 수많은 토론과 주석이 횡행하고 그에 대한 찬반贊反에 따라 여러 분파分派가 생겼다. 이를 크게 보수파保守波와 진보파進步波로 나눌 수 있

216

는데, 보수파를 상좌부上座部라 부르고 진보파를 대중부大衆部라고 불렀다. 이 부파불교 시대는 기원전 4세기에서 기원전 1세기까지 계속되면서 상좌부는 11개파로, 대중부는 8개파로 또 세분되었다고 한다. 지금은 대중부의 '설일체유부說一切有部'와 상좌부의 '남방상좌부南方上座部'만 남고 나머지는 모두 실전失傳되었다.

그나마 설일체유부의 소론所論 중 산스크리트어(梵語) 원전原典은 전해내려오지 않고, 한문漢文 번역본만 남아 있다. 남방상좌부의 소론 역시 팔리어pali로 된 경전만 전해내려온다. 이 부파불교의 소론을 아비달마阿毘達磨abhidharma라 하여 경經, 율律에 붙여 삼장三藏이라고 부르게 되었다. 아비달마란 법dharma에 대한 연구라는 뜻이다. 남방상좌부의 팔리어 경전은 그 후 스리랑카와 미얀마, 타일랜드 등 동남 아시아로 전해져 이른바 소승불교의 융창에 공헌하게 되는데, 석존의 가르침을 비교적 정확하게 보전하고 있다는 평가를 받고 있다. 세친世親Vasbandhu이 '아비달마구사론阿毘達磨俱舍論'을 쓰고, 불음佛音 Bhuddagosa이 '청정도론淸淨道論'을 남긴 것은 이 때부터 약 450여 년쯤 후의 일이다.

부파불교의 핵심 교리는 연기설緣起說과 삼법인三法印에 있는 것으로 보인다.

"우주의 삼라만상은 모두 인과관계因果關係로 얼키고 설킨 법法의 이합집산離合集散이다. 인간의 몸 역시 지地·수水·화火·풍風의 일시적 결

합일 뿐 영속하는 실체實體가 아니다. 인과因果의 법칙과 업력業力에 따라 찰라생刹那生, 찰라멸刹那滅하는 일시적 가합假合이다. 모든 것은 변하는 것이고(一切無常), 고통이며(一切苦), 나라는 존재는 없는 것(一切無我)이다. 그러므로 이를 똑바로 알고 열반적정涅槃寂靜에 드는 것이 삶의 궁극적 목표다."

석존의 가르침을 이렇게 해석하고 실천했기 때문에 불교는 속세俗世의 대중과는 멀어지고 수도승修道僧들의 전유물로 전락하게 되었다. 속세의 대중은 가족부양과 국가사회의 구성원 노릇을 해야 되므로 출가수도를 할 여유도, 시간도 없기 때문이다. 불교가 한때는 동체사상 同體思想 (평등사상)으로 브라만교를 압도했지만 이제는 대중들로부터 멀어져 쇠락衰落의 길을 걷게 되었다. 그래서 그 반동反動으로 일어난 사상이 중관사상中觀思想, 유식사상唯識思想 등 이른바 대승불교운동大乘佛敎運動이다.

3. 대승불교大乘佛敎

부파불교 수행자들이 도달하고자 하는 최고의 경지는 아라한阿羅漢arhat이다. 아라한은 위에서 말한 바와 같이 세간世間(有爲法)과 열반涅槃(無爲法)을 구분하여 세간을 버리고 열반을 추구하는 출세간出世間이다. 그러므로 아라한의 길은 당연히 속세의 대중과 멀어져 산중山中에 고립될 수밖에 없다. 이 때문에 개혁세력은 부파불교의 '아라한阿羅漢의 길'을 소승小乘hinayana이라고 비판하고, 깨달음을 추구하면서 중생도 함께 제도해야 된다는 '보살菩薩의 길'을 가야 한다고 주장하였다. 보살菩薩 bodhisattva 수행은 번뇌즉보리煩惱卽菩提요, 생사즉열반生死卽涅槃이라 하여, 수도修道와 일상생활日常生活을 분리하지 않았다. 보살행을 추구하는 개혁 세력은 자신들의 주장을 뒷받침하기 위해 부처님의 말씀을 새로 결집할 필요가 있었다. 이 필요에 따라 나타난 경전이 반야경般若經, 법화경法華經, 무량수경無量壽經, 유마경維摩經 등 이른바 대승경전 mahayana들이다. 이 보살행을 추구하는 불교를 대승불교라고 부른다.

중관사상中觀思想

대승불교의 교리는 용수龍樹의 중관사상中觀思想과 무착無着의 유식사상 唯識思想으로 대별된다. 용수는 석가 이후 700여 년이 지나 남인도에서 태어났다. 그는 중관론을 개창開創하여 쇠퇴일로에 있던 불교를 다시 일으켜 세운 중흥조中興祖로서 제2의 석가라고도 불린다. 용수는 세속의 학문과 소승의 불법abhidharma을 통달하고, 대승경전까지 섭렵한 뒤 수많은 저작을 남겼는데, 그 가운데 '중론中論' 4권과 '십이문론十二門論' 1권에 중관사상의 핵심이 담겨 있다.

중관이란 편견偏見, 사견邪見 등을 내는 분별심을 세척하여 올바른 진리관을 정립하려는 사상이다. '중中'은 인식의 대상을, '관觀'은 대상을 올바로 관찰하는 지혜를 뜻한다. 중관학파는 마음을 포함해서 모든 현상은 실재하지 않는다고 말한다. 현상의 근원적 본질은 '공空'하며 이것을 '진여眞如', '무자성無自性', '진체眞諦' 등으로 표현한다. 중관학을 중도학中道學이라고도 부르는데, 이 때의 중도中道는 A와 B의 물리적 중간을 뜻하는 것이 아니다.

용수는 '중론中論'에서 생生과 멸滅, 상常과 단斷, 일一과 이異, 거去와 래來 등 8가지 미망迷妄을 제거해 주는 팔불중도론八不中道論을 제창하였다.

① 불생不生, 불멸不滅 : 이 세상 모든 것은 인연에 따라 나타났다가 인연이 다하면 사라지는 것뿐이다. 태어났다는 것은 사대오온四大五蘊의 일시적 집합(假合)이고, 죽는다는 것은 그 가합假合의 해체다. 그러나 보통 사람들은 이런 연기의 법칙을 모르고, 태어나고 죽는 것이 실재實在한다고 착각하고 있다.

② 불이不二, 불이不異 : 이 세상의 모든 것은 '하나의 실재(眞如)'가 제각각 다르게 나타난 것menifestation뿐이다. 현상은 모두 다르게 보이지만 근본에 있어서는 하나다. 즉 같다. 같으면서도 다르고, 하나이면서도 여럿인데, 상이부동相異不同이 영원히 실재한다고 착각하고 있다.

③ 불상不常, 불단不斷 : 이 세상의 모든 것은 늘 변하는 것이고, 그 변화가 중단되지도 않는다. 사람도 인연을 따라 태어나는 것이고, 그 인연이 다하면 죽는 것일 뿐 영원히 살고 영원히 다시 태어나지 못하는 것도 아니다. 이를테면 쇠도 녹슬어 사라지고, 태양도 종당에는 백색왜성白色矮星으로 변하여 언제인가는 사라질 것이

다. 그리고 다시 새로운 것을 만드는 구성 요소로 참여하게 될 것이다. 이러한 이치를 착각하여 태양 같은 것이 영원 불멸할 것이라고 믿으면 苦가 따를 뿐이라는 것이다.

④ 불거不去, 불래不來 : 진여眞如는 가고 옴이 없이 항상 그대로이다. 그러나 현상現象은 찰라생, 찰라멸한다. 이 세상 모든 살아 있는 것들(有情) 역시 자기가 지은 업력業力에 따라 육도六道를 윤회전생輪廻轉生하는 것일 뿐인데, 한 번 오면 가지 않는다고 생각하는 것과 가면 다시 오지 못한다고 생각하는 것은 모두 착각이다.

현상現象은 존재存在하는 것처럼 보이지만 항상 변할 뿐, 실지로는 존재하지 않는 것이라 하여 용수보살은 이를 '공空sunya'이라고 불렀다. 그러나 현상은 임시로 나타난 것이지만 실재實在(眞如)가 인연을 따라 드러난 것이므로 사라질 때까지는 '있는 것(有)'처럼 보인다. 그러므로 용수의 공空은 '아무것도 없음(偏空)'이 아니라 현상(有)을 포함한 공空이다. 이것을 '유공有空의 중도中道'라고 부른다. 이와 같이 용수의 중관사상은 '현상現象'을 부인하거나 무시하자는 것이 아니다. 다만 현상이 영원 불멸한 것으로 착각하여, 그것에 집착해서는 진리의 세계(眞如)를 볼 수 없다고 가르친 것이다.

유식사상唯識思想

유식사상은 용수의 공空 사상이 후대後代에 들어 공허空虛에 빠지게 되자 이를 경계하기 위해서 미륵彌勒Maitreya(270~350), 세친世親

Vasubandhu(320~400), 무착無着 등이 대를 물려가며 완성한 사상이다. 유식사상에 따르면 이 우주의 삼라만상은 '식識'이 변變하여 나타난 것이다. 즉 이 세상 모든 것은 '식識'에 의해 창조創造된 것이고, '식識'을 떠나서는 존재하지 않는다. 인간의 인식과정認識過程도 앞서 존재하는 대상對象을 감각기관이 뒤따라가며 알아차리는 것 같지만 실지로는 '식識'이 대상보다 앞서 있고, '식識'이 대상을 규정規定하는 것이라고 주장한다. 즉 '관찰자觀察者'가 '대상對象'을 '한정限定'하는 것이다. 따라서 '식識'에 없는 것은 밖(現象)에도 있을 수 없다.

유식사상은 '식識'에 8가지가 있다고 주장한다.

제1식에서 제5식까지는 안眼·이耳·비鼻·설舌·신身, 즉 시각·청각·후각·미각·촉각 등 다섯 감각이다. 이것은 정상적인 사람이라면 누구나 경험하는 분명한 현상이므로 따로 설명이 필요없을 것이다. 유식학은 이것을 전前 5식五識이라고 부른다.

제6식은 '전 5식'의 한계를 벗어나 있으면서 '전 5식'이 활동할 기반을 제공해 준다. 전 5식이 접수한 자극stimulus을 해석하고, 계산과 사유와 추리를 할 줄 알며, 과거와 미래를 알아차리며, 선과 악을 구분할 줄 알며, 꿈을 꾼다는 사실도 알아차리고, 선정禪定에 들었다는 사실도 알아차리는 능력이다. 5관으로 감지하지 못하는 것을 알아차리는 이른바 육감六感도 6식에 포함될 것이다. 요컨대 우리 일상생활을 주재하는 생시生時의 의식상태, 즉 '의식意識'이라 말할 수 있다.

제7식은 마나식末那識manas-vijnana이라 부른다. 실재實在absolute world와 현상現象relative world이 한몸이라는 사실을 모르고, 전체에서 내가 분리分離되어 따로 존재한다고 착각하게 만드는 '식識'이다. 불교에서는 '나'에 대한 집착을 아집我執, '나' 밖의 모든 것에 대한 집착을 법집法執이라 부르는데, 이 아집과 법집을 만들어내는 '식識'이 마나식末那識이라는 것이다. 모든 현상을 자기 중심적으로 해석하므로 자기 마음대로 선善과 악惡, 정正과 사邪를 구별하려고 한다. 그래서 분별식分別識이라고도 한다. 마나식은 또 1식에서 6식까지의 식識이 활동하는 바탕platform을 제공해 준다. 이 마나식의 작용으로 업력業力이 생겨 윤회전생輪廻轉生하는 원동력原動力을 얻게 된다고 한다.

제8식은 아뢰야식阿賴耶識alaya-vijnana이라 부른다. 아뢰야식은 1식에서 7식까지 모든 '식識'을 관리, 통제할 뿐 아니라 우주생성宇宙生成 이래의 모든 '식識'이 다 보관되어 있는 거대한 기억장치記憶裝置이기도 하다. 이 세상의 일뿐 아니라 수도 없이 윤회전생輪廻轉生했을 '전생前生의일 전부'가 이 아뢰야식에 쌓여 있다. '나의 일' 뿐 아니라 '남의 일', '가족의 일', '국가의 일', '민족의 일' 등등 이 세상 유정有情, 무정無情의 모든 기록이 창세 이래 創世以來 보관되어 있는 곳이다. 이처럼 모든 식識이 저장되어 있다고 해서 장식藏識이라고도 부르며, 여기에 저장된 식識은 언젠가는 싹이 터서 나타난다고 해서 종자식種子識이라고도 부른다. 말하자면 인체의 유전자 정보 DNA와 같은 것인데, 그보다 훨씬 더 광범위하고 자세하다는 것이다. 칼 융Carl Jung은 이 '식識'을 '무의식無

意識unconsciousness'이라 부르고 경우에 따라서는 집단무의식集團無意識
이라고도 설명했다.

유식학은 간단하게 "이 세상relative world은 아뢰야식의 연기緣起다"
라고 말한다. 아뢰야식의 나타남이 생生이요, 아뢰야식의 사라짐이 사死
다. 주의해야 될 점은 아뢰야식이 먼저 전개展開되어야 현상이 뒤따른다
고 가르치는 대목이다. 별과 달, 과거와 현재도 모두 아뢰야식의 전변에
불과하다. 이는 바로 '관찰자觀察者'가 먼저 있고, 그 관찰의 결과가 뒤
따르게 되는데 그것이 바로 현상現象relative world이 된다는 뜻이다. 이
러한 관점觀點은 아인슈타인의 일반상대성원리一般相對性原理와 특수상
대성원리特殊相對成原理, 양자역학量子力學의 '측정測定'에 관한 현대물리
학 최첨단이론과 일치한다는 연구가 있다(소광섭, 《물리학과 대승기신론》,
1999년 7월, 서울대학교출판부).

그래서 유식학 수행修行의 목표는 이 8개의 식識을 깨끗하게 정화淨化
해서 본래의 모습인 때묻지 않은 청정무구淸淨無垢한 상태로 되돌아가는
것이다. '식識'의 정화淨化가 완성되면 전 5식은 성소작지成所作智가 되
고, 제6식은 묘관찰지妙觀察智가 되며, 제7식은 평등성지平等性智, 제8식
은 대원경지大圓鏡智가 된다고 한다.

대승기신론大乘起信論

대승기신론은 기원후 1세기쯤 인도의 마명보살馬鳴菩薩Asvagosha(약
100~160)이 지은 불교 최고의 이론서다. 마명의 원전原典은 없어지고 한

문본漢文本만 두 종류가 전하는데, 진체眞諦Paramartha(499~569)의 554년 번역본과 칙샤난다의 700년 번역본이 그것이다. 진체의 번역본은 너무 어려워 수많은 주석서注釋書가 나왔는데, 그 중에서 가장 뛰어난 해설서가 원효元曉 대사(617~686)의 '대승기신론소大乘起信論疏'다. 원효의 '소疏'는 당시 중국과 일본 불자佛子들의 교과서가 된 이래 아직까지 그 권위가 유지되고 있는 불후의 명저다.

대승기신론의 핵심은 '1심心, 2문門, 3대大 사상思想'에 있다.

"절대의 자리인 '하나의 마음一心'이 유일唯一하게 존재存在한다. 그 마음은 양兩 측면이 있다. 텅 비어서 속성屬性이 없는 영원불변한 절대의 세계(心眞如門, absolute world)와 찰라생, 찰라멸하는 현상계(心生滅門, relative world)가 그것이다. 이 절대의 자리(心眞如門)는 어떻게 현상계(生滅門)로 나타나는가(menifestation). 체대體大, 상대相大, 용대用大에 의한다. 체대는 일심一心 그 자체, 심진여心眞如다. 형태도 없고 속성도 없으나 우주만물은 모두 여기서 나온다. 그러나 체대는 바로 현상계로 나타날 수 없다. 무엇인가 중간 단계가 '필요必要'한 것이다. 이 중간 단계를 상대相大라 한다. 상대를 거쳐 용대用大가 생기는 것이다."

이 삼대三大에는 각각 상징적으로 부처님의 이름을 붙여놓았는데, 체대를 바이로차나(毘盧遮那佛), 상대를 아미타바(阿彌陀佛), 용대를 샤카무니(釋迦牟尼佛)라고 부른다. 또 체대를 법신法身, 상대를 보신報身, 용대를 화신化

身이라고 부르기도 한다. 이를 불교의 삼신사상三身思想이라고 하는데 공교롭게도 기독교의 '삼위일체三位一體' 사상과 비슷하다. 성신聖神과 성령聖靈과 성자聖子의 관계를 물의 특성特性에 비유하여 설명하는 사람이 있다. 물 자체는 성신이고, 수증기로 변한 것은 성령이며, 수증기가 얼음으로 변한 것은 성자라는 비유다. 이 비유가 맞는다면 기독교의 삼위일체 사상은 불교의 삼신사상과 다르지 않다. 은주발과 은수저가 있다고 하자. 은銀이라는 체體가 주발이라는 모양과 수저라는 모양(相)을 띠고 있다. 이 모양은 또 용用이 다르다. 주발은 음식을 담아 먹거나 물을 담아 마시고 수저로는 음식을 집거나 운반한다. 이처럼 체體는 바로 용用으로 갈 수 없어 상相을 거쳤지만 은銀이라는 속성屬性 자체는 달라진 것이 없다.

대승기신론을 쓴 마명은 용수보다 약간 앞섰거나 동시대 인물인 것으로 추정된다. 마명은 원래 바라문 출신의 탁월한 논객이자 시인이었다. 협존자脇尊者Parsva의 지도로 불문에 귀의하여 석가의 일생을 아름다운 시로 엮은 '불소행찬佛所行撰'을 지었다. 카니슈카 왕이 마명 보살의 도력道力을 시험하려고 말들을 며칠 굶긴 뒤 설법장에 먹이를 쌓아놓고 말을 들여보냈다. 그런데 말들이 배고픔을 참고 이 분의 설법을 다 듣고 슬피 울었기 때문에 법호를 마명이라 하였다는 전설이 있다. 이 두 분의 위대한 스승들이 서로 교류가 있었는지 나는 알 수 없다. 그러나 이 두 분의 사상은 당시의 인도에서는 인정을 받지 못하고 간다라 지방, 즉 오늘날 파키스탄으로 전해져 융성하게 되었고, 그 후 실크 로드를 통해 중국을 거쳐 한국에 전해진 것이다. 당시 간다라 지방을 지배하던 카니슈카 왕은 마명 보살을 모셔 오기 위해 인도와의 전쟁도 불사했다고 전한다. 그 후 역사에서 보는 바로는 마명의 가르침에도 불구하고 중관학中觀學과 유식학唯識學은 서로 다른 길을 가게 된다.

용수의 중관학(공사상)과 세친의 유식사상은 나와 같은 까막눈에도 이질적異質的이다. 유식唯識은 삼라만상이 아뢰야식의 전변轉變이라고 주장하므로 아뢰야식은 공空이 아니라 유有가 될 수밖에 없다. 공空이냐, 유有냐에 대한 오랜 논쟁에 종지부를 찍은 어른이 바로 원효 대사다. 대사는 '대승기신론소'를 쓰면서 이 두 사상을 '일심이문 一心二門'으로 통합, 정리하였다. 본래 한몸인데 두 가지 측면이 있다는 주장이다. 바다를 예로 들면, 표면은 항상 파도가 일면서 변화무쌍하다. 그러나 수면 아래로 내려가면 내려갈수록 고요해진다. 바다 표면에 태풍이 불어도 그 곳은 고요하고, 정지되어 있으며 잠재력으로 충만하다. 똑같은 바다인데 한쪽은 파도가 치고, 한쪽은 고요하다. 이것을 일심이문이라 부르고, 동체사상同體思想이라고도 한다. 동체사상은 평등사상보다 훨씬 강도强度가 높다. 우주만물이 나와 한몸이니 자비慈悲가 아니 나올 수 없을 터이기 때문이다. 이 동체사상은 불교의 핵심 교리다.

4. 밀교사상密敎思想

밀교사상密敎思想, 즉 비밀불교Tantric Buddhism는 7세기쯤 인도에서 형성되었다. 밀교는 독립 교파로 성립할 때까지 오랜 시간과 복잡한 배경을 가지고 있다. 부파불교 시대 이후 불교가 승려 중심, 교리 중심으로 흐르자 대중들은 힌두교Hinduism나 토속신앙으로 몰리게 되었다. 그래서 대중들과 가까이 하기 위해서 보살사상, 정토신앙 등 대승불교운동이 일어났는데, 밀교사상도 그 중 하나다.

밀교사상은 힌두교와 브라만교의 비밀의식(呪術秘法)과 제천사상諸天思想, 진언眞言mantra, 만다라曼多羅mandala, 다라니dharani, 결인結印, 관세음보살 신앙 등을 광범위하게 받아들이고 있다. 초기불교에서는 원래이런 것들을 부정하였으나 불교의 대중화를 위한 방편으로 이를 수용受容한 것으로 보인다. 그러나 그 후 밀교는 중관中觀, 유식唯識 사상을 계승하고, 대승기신론의 연기설緣機說을 심화, 발전시켜 독특한 신앙 체계를 확립했다.

밀교사상은 티벳으로 넘어가 크게 융성하였다. 티벳에 불교가 본격적으로 보급되기 시작한 것은 7세기 송첸 감포 왕 때부터다. 송첸 감포 왕은 그 때까지 부족국가에 불과하던 티벳을 통일하고, 당나라까지 위협할 정도로 국력을 신장시켜 당나라 문성 공주와 네팔의 브리쿠티 데비 공주와 혼인하였다. 이 두 공주는 티벳으로 시집을 오면서 불상과 불교경전을 가지고 왔다. 티벳 불교의 본산이랄 수 있는 조캉 사원은 이 때세워진 것이다. 100여 년쯤 지나 티송 데첸 왕은 인도 나란다 대학大學의 탄트라 대가大家 파드마삼바바를 초청하여 불교를 전국적으로 보급하였다. 이후 불교의 본 고장 인도에서는 회교도回敎徒의 침입과 더불어불교가 점점 쇠퇴하고, 그 가르침이 다른 나라로 옮겨가 남방불교, 중국

불교, 티벳 불교로 발전하게 되었다.

티벳 불교의 4학파

● 닝마파 학파Nyingmapa Schools

티벳 불교의 가장 오래 된 학파로 파드마삼바바가 시조다. 닝마파
는 불교의 수행 단계를 9단계(九乘)로 나눈다. 삼신三身, 즉 화신불
化身佛, 보신불報身佛, 법신불法身佛의 단계를 각각 세 단계로 나누
어 가르친다. 가장 낮은 단계인 화신불은 성문승聲聞乘, 독각승獨覺
乘, 보살승菩薩乘으로, 중간 단계인 보신불은 크리야 탄트라, 차리
아 탄트라, 요가 탄트라로, 그리고 가장 높은 수행 단계인 법신불
은 아누타라 요가 탄트라, 마하 요가, 아누, 아티 요가로 세분된다.
전설에 따르면 파드마삼바바는 가르침을 담은 경전과 백팔보장百
八寶藏을 수미산kailash 근처에 숨겨두었다. 대중들의 수행이 아직
이들 최상승의 가르침을 이해할 정도에 이르지 못했고, 경전들이
이교도異敎徒들의 손에 멸실되는 것을 방지하기 위한 것이라고 한
다. 지금까지 발견된 파드마삼바바의 경전은 65권에 달하는데, 각
권의 분량은 평균 400장 정도라고 한다. 그 유명한 《티벳 사자의
서Bardo Thoedol》도 파드마삼바바가 이렇게 숨겨놓은 것을 뒤늦
게 찾아낸 것이다.

● 카규 학파Kagyu Schools

위대한 역경승 마르파Marpa(1012~1098)가 창시한 학파다. 밀라레

파Milarepa(1040~1123)는 그의 가장 뛰어난 제자다.

● 샤카 학파Sakya Schools

티벳 창 지방의 샤카 사원을 중심으로 문수보살의 가피력加被力을 중시하는 학파다. 쿵카 걀첸Kungya Gyaltsen(1182~1253)이 시조라 할 수 있는데, 그는 칭기스칸Genghis Khan과 친하게 지내면서 몽고에 불교를 전해주었다. 그의 조카 팍파Phagpa(1235~1280)는 쿠빌라이칸Khublai Khan의 초청을 받아 원元나라 조정의 실력자가 되었으며, 그의 제자들은 100년 가까이 티벳을 정치적으로 지배하기도 하였다.

● 겔룩 학파Gelug Schools

아티샤Atisha의 후대 제자 총카파Tsongkhapa(1357~1419)가 세운 학파다. 총카파는 불교논리학에 밝아 '보리도차제론菩提道次第論'을 짓고, 수많은 제자들을 길러냈다. 제1대 달라이 라마는 총카파의 조카다. 달라이 라마는 관세음보살Avalokiteshvara의 화신이고, 판첸 라마Panchen Lamas는 아미타불Buddha Amitabha의 화신이다.

탄트라의 가르침

탄트라Tantra는 금강승 金剛乘 Vajrayana이라고도 하는데, 네 개의 수행 단계로 나뉜다. 탄트라 수행을 위해서는 먼저 출리出離renunciation(세속의 욕심·욕망을 버리는 것)를 하고, 보리심菩提心(깨달음을 얻고자 하는 열망)을 낸 뒤 불교의 기본 사상인 공空을 이해해야 된다. 그 다음 탄트라의 힘을 스승으로부터 내려받는 의식儀式인 관정灌頂 Initiation을 거친 다음 네 단계의 수행에 들어간다. 첫째 단계인 크리야 탄트라kriya tantra는 주로 신체훈련 등 외적행위外的行爲들이다. 차리야 탄트라charya tantra는 외적 수련과 내적 수련을 병행하고, 요가 탄트라yoga tantra는 명상瞑想 등 내적 수련에 중점을 둔다. 마지막 가장 높은 수행 단계인 아누타라 요가 탄트라anuttra yoga tantra는 또 생기차제 生起次第generation stage와 원만차제圓滿次第completion stage로 구분된다. 생기차제는 범부凡夫의 오온五蘊을 불성佛性으로 전환시키는 단계다. 즉 육신肉身의 색色 · 수受 · 상想 · 행行 · 식識을 만트라, 다라니, 만다라와 명상 등을 통하여 성화聖化시키는 과정이다. 이 생기차제의 수행이 완성되면 원만차제의 수행에 들어갈 수 있다. 원만차제의 기본이 되는 수행법은 에너지(氣)를 중앙 통로에 모아서 머물게 하다가 해체시키는 방법이다.

실제 수행은 여섯 단계로 이루어지는데, 몸을 분리시키고(physical isolation), 말을 분리시키고(verbal isolation), 정신을 분리시키고(mental isolation), 형상을 만들어내고(illusory body), 맑은 빛淨光의 단계(clear light), 마지막으로 절대와 하나로 합일시키는 것(learner's union)이다. 이 원만차제를 완전하게 수행하면 깨달음(成佛)에 이른다. 탄트라에서 깨달음이란 바즈라다라vajradhara(깨달은 상태)에서 나오는 정광淨光과 청정淸淨한 몸이 완벽하게 일치되는 상태다. 이 합일合—은 영원하며, 파괴될 수 없으며, 변하지 않고 시간과 공간에 관계없이 모든 곳에 현현顯現한다.

5. 중국불교

불교는 인도에서 태어났지만 그것의 꽃이 활짝 핀 곳은 중국이었다. 중국은 불교를 받아들이면서 자신들의 전통사상과 결합하여 새로운 불교, 즉 '중국불교Chinese Buddhism'를 탄생시켰다. 중국은 먼저 인도 불교 학자들과 공동으로 석가모니의 가르침 전체를 한문으로 번역했다. 물론 수백 년의 세월이 필요했다. 번역을 하지 않은 것은 만트라와 다라니 등 '소리'와 만다라 등 '그림' 들이다. 아마 이것은 표의문자表意文字를 쓰는 중국인들로서는 원음原音을 그대로 표현하기 곤란했기 때문이었을 것이다. 중국인들의 이러한 노력 덕택에 인도에서는 없어진 경전들이 중국에서는 한문본漢文本으로 지금까지 전해져 내려오고 있다. 그래서 불교를 연구하려면 범어梵語보다 한문에 통달해야 된다.

중국불교에는 수많은 종파가 있지만 화엄사상華嚴思想, 천태사상天台思想, 정토사상淨土思想, 선사상禪思想 등이 두드러지는데, 그 중에서도 선禪이 가장 중국다운 불교라고 할 수 있다. 스즈키 다이세츠鈴木大拙는 "선 불교禪佛敎는 석가의 사상이 노자老子, 장자莊子의 도가道家 사상과 융합하여 새로운 종교로 발전한 것으로, 인도불교와는 다른 것"이라고 주장한다. 특히 선 수행의 싹은 《장자莊子》에서 언급되는 '조철朝澈', '좌망坐忘', '심제心濟'에 있다고 말할 정도다.

선 불교는 보리달마菩提達摩의 중국 도착(470년)과 더불어 불붙게 된다. 달마 대사는 당시 중국불교가 경전 해석과 불공의식과 기복신앙으로 흐르는 것을 바로잡기 위해 혁명적인 개혁을 시작했다. 대사는 당시의 중국 황제인 무제武帝를 알현하는 자리에서 다음과 같은 문답問答을 한 것으로 전한다. 무제는 아주 독실한 불교신도였다.

- 무제 : 나는 평생 수많은 절을 짓고, 수많은 승려를 도와주었습니다. 이것은 나에게 어떤 복을 가져옵니까?
- 달마 : 아무 복도 없습니다.

달마의 이 한 마디에 무제는 무척 실망하였을 것이다. 달마는 경經을 읽고, 절을 짓고, 염불念佛하고, 보시布施하면 착한 일을 하는 것은 틀림없지만 깨달을 수는 없다고 폭탄 선언을 한 것이다. 이 후 달마는 불립문자不立文字, 교외별전敎外別傳, 직지인심直指人心, 견성성불見性成佛을 주장하며 면벽구년面壁九年, 선 수행에 정진精進한다. 그 후 혜가慧可를 가르쳐 깨달음에 이르게 함으로써 선 수행의 위력을 보여준다. 이 때부터 달마를 초조初祖, 혜가를 2조라고 부르며, 스승이 제자의 깨달음을 인가認可하는 '전등傳燈'의 전통이 생겼다.

이 전등은 3조 승찬僧璨, 4조 도신道信, 5조 홍인弘忍을 거쳐 6조 혜능慧能에까지 이르렀다가 그 후로는 공식적으로 폐지되었다.

참고로 서산 대사께서 《선가귀감》을 통해 전하는 역대 조사는 다음과 같다.

(1) 마하가섭 (2) 아난존자阿難尊者 (3) 상나화수商那和修 (4) 우파국다優
婆麴多 (5) 제다가提多迦 (6) 미차가彌遮迦 (7) 파수밀다婆須密多 (8) 불타난
제佛陀難提 (9) 복타밀다伏陀密多 (10) 협존자脇尊者 (11) 부나야사富那夜奢
(12) 마명馬鳴, (13) 가비마라迦毘摩羅 (14) 용수龍樹 (15) 가나제파迦那提婆
(16) 라후다라羅睺羅多 (17) 승가난제僧迦難提 (18) 가야사다迦耶舍多 (19)
구마라다鳩摩羅多 (20) 사야다사舍夜多舍斯 (21) 세친世親 (22) 마나라摩拏
羅 (23) 학륵나鶴勒那 (24)사자師子 (25) 파사사다婆舍斯多 (26) 불여밀다不
如蜜多 (27) 반야다라般若多羅 (28) 보리달마菩提達摩

보리달마 이후는 앞에서 소개한 바와 같다.

선 불교는 혜능에 의해 완성되고 마조馬祖에 의해 크게 번창했다. 이
마조의 제자들이 임제종臨濟宗, 운문종雲門宗, 법안종法眼宗, 위안종, 조
동종曹洞宗 등 이른바 당나라 선학오가禪學五家를 이룩해냈다. 이 중에서
임제종이 가장 번창하여 송대宋代까지는 그 세勢가 잘 유지되었으나 원
元, 명明, 청淸을 거치면서 점점 쇠퇴의 길을 걷다가 중국 대륙이 공산화
되면서 절멸의 위기에 봉착한 것으로 보인다.

"선이 무엇이냐, 선을 통한 깨달음이 무엇이냐"에 관한 논의는 할 수
없다. 선이 불립문자不立文字, 교외별전敎外別傳을 주장할뿐더러 절대의
경지를 상대계相對界에서는 파악이 불가능하기 때문이다. 그러나 선 수
련은 그 수행의 수준에 따라 의리선義理禪, 여래선如來禪, 조사선祖師禪으
로 구분한다. 의리선은 이 세상이 공空하다는 것을 지적知的으로 이해理

234

解하는 수준이다. 불교의 이론에는 달통해도 공한 상태를 직접 체험하지는 못한 단계다. 여래선은 공空을 깨달은 상태다. 이 우주만물이 공空하다는 것을 체험으로 확인한 단계다. '텅! 비었음'을 확인한 단계이므로 "산은 산이 아니요, 물은 물이 아니다. 무색無色, 무공無空이다." 정적寂靜 속에 법열法悅 bliss을 느낄 수 있는 경지다. 조사선은 최상승선最上乘禪이다. 절대의 세계와 상대의 세계가 하나로 통합된 경지를 체험하는 수준이다. 그래서 다시 "산은 산이요, 물은 물이다"라는 명제가 성립한다. 이 세상 모든 것이 다 진리이고 진여眞如인 경지다. 여래선은 아직 공空에 머물러 있지만 조사선의 경지는 밤도 없고 낮도 없으며, 삶도 없고 죽음도 없는 '지금, 여기가 바로 극락인 세상'이다. 의식은 항상 깨어 있어 잠도 꿈도 죽음도 모두 깨어 있는 이 의식 위에서 나타났다 사라지고는 한다.

6. 한국불교韓國佛教

우리나라에 불교가 전래된 것은 고구려 시대지만 불교가 크게 융성한 때는 불교를 국교로 삼았던 고려 시대다. 특히 신라 말 고려 초에 전래된 중국의 선 불교는 이 땅에 들어와서 크게 발전해, 이제는 세계의 종주국이 되었다.

우리나라 선 불교의 시조는 보조국사普照國師 지눌知訥이라는 것이 다수설이지만, 이능화李能和 선생은 임제臨濟 정맥正脈의 후예, 석옥石屋 청홍淸洪의 인가를 받은 태고太古 보우普愚를 개조開祖로 본다. 그 후 환암幻菴 혼수混修, 귀곡龜谷 각운覺雲, 벽계碧溪 정심正心, 벽송碧松 지엄智儼, 부용芙蓉 영관靈觀을 거쳐 부휴浮休 선수善修와 청허淸虛 휴정休靜에 이른다. 청허淸虛 서산西山 대사는 임진왜란 때 승군僧軍의 총사령관이 되어 왜적을 물리치는 데 크게 공헌한 장군으로 더 유명하지만, 실은 조선 최고의 선승禪僧이었다. 서산 대사가 쓴 《선가귀감禪家龜鑑》은 지금도 선방禪房의 가장 요긴한 안내서가 되고 있으며, 선학禪學을 학문으로 연구하는 학자들이 가장 많이 인용하는 고전이다. 《선학禪學의 황금시대黃金時代》를 쓴 오경웅吳經熊 박사도 당송唐宋의 선학오가의 도맥道脈을 《선가귀감》에서 그대로 인용했다고 밝히고 있다. 서산 대사 이후, 조선의 집권 세력이었던 성리학자들의 견제로 선풍禪風은 크게 위축되어 산중으로 숨었다가 경허鏡虛의 출현으로 다시 세상에서 빛을 발하게 되었다. 경허鏡虛 성우惺牛 선사(1849~1912)의 속성俗姓은 송宋씨이고, 이름은 동욱東旭으로 전주 태생이다. 원래 한학자의 집안이었으나 과천 청계사淸溪寺로 출가하여 계룡산 동학사東鶴寺에서 견성見性하였다. 만공滿空 등 수많은 제자들을 길러 한국불교를 재건했으므로 한국의 마조馬祖, 한국불교의 중흥조中興祖로 추앙받고 있다.

오늘날 한국의 선학은 조계종曹溪宗이라는 거대한 종단宗團으로 발전하여 수많은 고승高僧 대덕大德을 배출하였으며 전세계를 향해 선학을 전파, 교육시키고 있다. 미국과 유럽, 동남아시아는 물론, 중국 선禪의 발상지인 중국 사람들조차 선을 배우려면 우리나라를 찾을 정도로 선학의 지도국指導國이 된 것이다. 한국의 선 불교는 임제종의 정맥正脈을 이어받아 그 전통을 순수하게 간직하고 있을 뿐 아니라 수행 방식과 수련의 엄격함이 세계 제일로 인정받기 때문이다.

7. 남방불교南方佛教

남방불교는 스리랑카, 미얀마, 타일랜드 등 주로 동남아시아에 퍼진 불교를 말하는데, 흔히 소승불교라고도 부른다. 소승hinayana, 대승mahayana의 구분은 부파불교 시대에서 대승불교 시대로 넘어갈 때 생긴 것 같다. 소승불교에서 수행의 최종 목표는 아라한arhat이 되는 것이다. 아라한은 열반涅槃 nirvana, 적정寂靜의 경지에 든 존재를 뜻한다. 이에 비해 대승불교에서는 수행의 최종 목표가 보살菩薩 boddhisattva이 되는 것이다. 보살은 자기 자신의 열반뿐 아니라 타인, 즉 이 세상의 유정有情 무정無情 모두가 열반에 들도록 서원誓願하고 실천하는 존재다.

소승과 대승의 구분에 불을 지르게 된 것은 남북조 시대의 교상판석教相判釋 때문이라고 보는 견해가 있다. 중국 천태종天台宗의 개조 지의(538~597) 대사는 교상판석을 하면서 석가의 가르침을 5시時 8교敎로 분류하여 수많은 경전에 각각 지위地位를 부여하였고, 특히 화엄종의 현수賢首 법장法藏(643~712) 대사는 불교 전체를 소승교小乘敎, 대승시교大乘始敎, 대승종교大乘終敎, 돈교頓敎, 일승원교一乘圓敎 등 다섯 가지로 나눈 바 있다. 그러나 소승, 대승의 구분은 수행하는 데 아무런 의미가 없다.

산 정상에 오르는 길은 여러 개가 있으므로 자기 수준에 맞는 길을 찾아 가면 될 것이다. 옛날에는 대승이 소승을 약간 폄하하는 듯한 태도를 보였으나 지금은 오히려 석가의 가르침 그대로를 순수하게 지켜왔다는 점에서 소승의 경전과 그 수행 방법을 높이 평가하는 경향이 있다.

남방불교의 수행 방법 중 가장 유명한 것이 사마타samatha와 비파사나vipasyana다. 한문은 이를 지止와 관觀이라고 번역한다. 사마타는 '생각의 멈춤suspension'을 뜻한다. 즉 명상할 때 경험하는 '초월상태 transcendental state'이고, 비파사나는 이 초월 상태에서 삼법인三法印, 12연기緣起를 꿰뚫어 확실하게 아는 것이다. 이 사마타와 비파사나의 수행법은 여러 가지인데, 선禪보다 쉽다 하여 지금 우리나라에서도 크게 유행하고 있다.

참 | 고 | 문 | 헌

- 티벳문화연구소, 《티베트, 인간과 문화》, 서울, 열화당, 1988.
- Padma Sambhava 저, Evans Wents, 류시화 역, 《티벳 사자의 서》, 서울, 정신세계사, 2001.
- Robert Thurman, Tad Wise 저, 백영미 역, 《티베트의 영혼 카일라스》, 서울, 이룸, 2001.
- 이해선, 《10루피로 산 행복》, 서울, 바다출판사, 2000.
- 김규현, 《티베트의 신비와 명상》, 서울, 도피안사, 2000.
  석채언 외, 《티베트》, 서울, 혜초여행개발(주), 2001.
- 티벳자치구 지도국(地圖局), 〈China Tibet Tour Map〉, 成都, Chengdu Map Publishing House, 1995.

수미산의 이쪽과 저쪽

지은이 오정환
펴낸이 김경태
펴낸곳 한국경제신문 한경BP
등록 제2-315(1967. 5. 15)
제1판 1쇄 인쇄 2003년 10월 20일
제1판 1쇄 발행 2003년 10월 25일
주소 서울특별시 중구 중림동 441
홈페이지 http://bp.hankyung.com
전자우편 bp@hankyung.com
기획출판팀 3604-553~6
영업마케팅팀 3604-561~2, 595
팩스 3604-599

파본이나 잘못된 책은 바꿔드립니다.
ISBN 89-475-2451-4 (03810)

값 8,500원